集英社オレンジ文庫

このビル、空きはありません！

オフィス仲介戦線、異常あり

森ノ薫

本書は書き下ろしです。

このビル、空きはありません！ CONTENTS

このビル、空きはありません！

オフィス仲介戦線、異常あり

1

弊社としては大事なマロン

目の前で契約が壊れようとしている。

「そうとわかった以上は、この契約を進めることはできません」

田岡《たおか》オーナーは朱肉《しゅにく》がついたままのハンコをケースにしまい、しわがれた声で言い放った。

私の左隣に座るクライアント、ソーイングネットワークジャパンの吉峰《よしみね》社長は、

「そんなの困ります！　移転の手配もいろいろ進めてるんですよ」

と声を尖らせる。浅黒い肌の上で、もともとつりぎみの眉《まゆ》が、さらに鋭くつっている。

田岡オーナーは、威嚇《いかく》なのか、ふんっと鼻の頭に皺《しわ》を寄せては開いてを繰り返す。

私は俯《うつむ》いて、自分の腕を軽くさすった。吉峰社長の怒りに、ちりちりと肘のあたりが焼けていくようだった。しかし燃え広がろうとしていた炎は、私の右隣から響いた関ヶ原《せきがはら》さんの声でいったん鎮火する。

「お二方ともお気持ちはわかりますが、一度整理しましょう」

動揺《どうよう》を感じさせない低い声。関ヶ原さんは私の直属の上司で、営業部隊を総括《そうかつ》するマネジャーだ。一本の後れ毛もなく固められたツーブロックヘアが、黄色い電灯の下でぎらりと輝く。関ヶ原さんは向かいの一人がけソファで腕を組む田岡オーナーに言った。

「田岡様、契約しないとなりますと、ソーイング様から敷金の振込みは中止となりますが、よろしいのですか」

「ええ、私は構わないですよ」

「いやいや、僕らは構いますよ。契約書の読み合わせまでして……こんな直前に駄目だなんて、これって契約違反じゃないですか⁉」

「吉峰社長。厳密には、敷金の入金と契約書の調印が揃って初めて契約成立となりますので、今はまだ契約前のステータスです」

　賃貸オフィスの敷金は住宅とは比べものにならないほど高い。それはここ田岡ビルでも例外ではなく、十二ヶ月分――つまり一年分の賃料がこの後、入金される予定だった。

　吉峰社長を制するように、関ヶ原さんは訥々《とつとつ》と説明を続ける。『ステータス』は、案件の進捗《しんちょく》確認のときに関ヶ原さんがよく使う言葉だ。緊迫した空気とは少しちぐはぐなように思えたけれど、田岡オーナーも吉峰社長も紛《まぎ》れ込んだ横文字などどうでもいいようで、話はもつれあいながらも契約キャンセルへと着地する。

「こんな不親切なビル、契約しなくてよかったですよ」

「こっちこそ最初からおたくが入居するのはどうかと思ってたんだ」

「お二人とも落ち着いてください。ではひとまず契約は白紙。こちらの契約書は弊社《へいしゃ》で破棄しますので」

　着地してなお揉《も》め続ける田岡オーナーと吉峰社長に、淡々と契約をたたむ関ヶ原さん。

三人のようすを、私は床の上の影絵で見ていた。何も言葉が出ない代わりに、ドッドッと心臓だけが鳴っている。

ワークスペースコンサルティング。設立八年目、従業員数十二名。所在地渋谷区道玄坂《しぶやくどうげんざか》。古い雑居ビルのワンフロア約二十坪《つぼ》をリノベーションして使う、オフィス専門の不動産仲介《ちゅうかい》会社。今年度唯一の新卒として私が入社し、会社史上初の女性営業として働き始めてから半年以上が経った。

自分の未知数を信じていた四月、とある案件で盛大につまずいた五月。巻き返そうという気概《きがい》が萎《しぼ》んだ六月を経て、現在十一月末、今は無だ。無の状態でどうにか摑《つか》んだのがこの田岡ビルの契約だったが、それもたった今壊れてしまった。

「ほんとに困りますよ。代わりの物件、急いで探してください」

田岡ビルを出ると、吉峰社長に険しい顔で念押しされた。

「はい！　すぐご連絡します」慇懃《いんぎん》に頭を下げた関ヶ原さんは吉峰社長がビルの角を曲がるのを見送り、「あーあーまいったなー」と頭を掻《か》いた。

「本当にすみません」

「咲野《さきの》のせいじゃないから謝らなくていいよ。もう壊れるしかなさそうだったし。ただ、ああいうときは黙ってないで何か言わないと」

それはそうだ。でも、今まで一度も契約をとったことのない分際で、契約キャンセルという未曾有《みぞう》の事態に対応できるはずがない。双方の押印《おういん》が済むまで何が起きるかわからないと先輩たちが言っていたけれど、本当にその通りなんだと身をもって知った。懇意《こんい》にしている占い師さんに方位が悪いと言われたとか、家賃が二十万円なのに電気工事に一千万円かかるだとか、あとは突き出た配管にお偉いさんが足を引っ掛けて転倒して大激怒したとか。みんなが語る信じられない『ぶっ壊れエピソード』がついに私にも襲いかかったのだ。

吉峰社長のバックに占い師はいなかった。田岡ビルの電気工事は特殊なものじゃなかったし、トリッキーに突き出た配管もなかった。でも契約は破談になった。壊れてしまった。それも全《まった》く予想していなかったかたちで。

ビルを見上げる。田岡ビル、一九八一年竣工《しゅんこう》、ギリギリ旧耐震基準。エレベーターなし、三階建て。濁《にご》った緑茶のような色の外観の、私が人生で初めて契約する予定だった物件。

「おつかれさまです関ヶ原です。すみません藤本《ふじもと》さん、咲野の案件壊れました——ああそうですねハイ計上予定だった二十万は抜いていただいて。月末にすみません」

駅へと向かいながら、関ヶ原さんは会社に売上の減額を報告する。電話を終えた関ヶ原さんは、なんか食ってから帰ればと、チェーンのうどん屋に私を押し込んだ。きっと私のいない間に「咲野の契約が壊れた」と、他のメンバーに周知するんだろう。揚げ玉をたっぷりかけたわかめうどんを啜《すす》る私の頭の中を、思考を介さず勝手に言葉が流れていく。

——関ヶ原さんには本当によくしていただきました。周りの方にはなんの不満もありません。ただ私が不甲斐《ふかい》なくて、この先も会社の負担になるわけには。

これは退職を申し出る文言だ。関ヶ原さんに非はない。新卒かつ初の女性営業である私を、関ヶ原さんはとても慎重に扱っていた。頭ごなしに叱《しか》られたことは一度もないし、さっきの件でも責められなかった。

ありがたい。そして申し訳なくて、気まずい。いっそ関ヶ原さんが責めてくれたら、私は心の中で関ヶ原さんに八つ当たりできる。関ヶ原さんじゃなくてもいい、やっぱりあいつはダメだとみんなが鼻で笑ってくれたなら、私は今の状況を、誰かのせいにできた。周りになんの落ち度もないと、自分の落ち度が浮き彫りになる。私は百パーセント私のせいで、会社を辞めるのだ。

会社に戻ると、コート掛けの前で経理の藤本さんがごそごそしていた。ムラなく綺麗《きれい》に染まった髪の毛に、今日も天使の輪ができている。もともと藤本さんはこの会社における紅一点《こういってん》で、今年になって私が加わった。

「おつかれさまです、藤本さん」

声をかけると、藤本さんはびっくりした顔で振り返った。そのはずみでコート掛けの下からディスカウントストアの黄色い袋が飛び出して、中からおびただしい量のクラッカーと〈あんたが主役〉のタスキが転がり出た。

「おかえり、咲野ちゃん」

藤本さんはそれをさっとコート掛けの下へと押し込み、ぎこちなく笑う。私の初売り上げのために用意してくれたお祝いグッズを隠したところだったのだろう。気づかなかったふりをしてそっとコートを掛け、その場を離れる。

オフィスの真ん中にある大きなフリーアドレスデスクは、空《あ》いている席ならどこでも座っていい。私の定位置は窓にいちばん近い角の席だ。

普通の会社にあるようなデスクは二つしかない。経理の藤本さんと、神野《かみの》社長だ。八年前、四十歳手前で会社を立ち上げた神野社長は現在ほぼ不在。ときどき関ヶ原さんや藤本さんとリモート会議していて、海賊《かいぞく》のような豪快な笑いが聞こえてくる。

他のことに夢中なのだ。実業家気質の神野社長は、会社を作っては潰したり売ったりと、その名の通り神様みたいなことを繰り返している。ナッツの量り売りや幼児教室を経て、今は甘酒専門店の運営に全力を注ぐ。うちの会社に注ぐ情熱はもう残っていないようだ。

実質この会社を支えているのは営業マネジャーである関ヶ原さんで、その下に私たち営業部隊がいる。関ヶ原さんは三十代半ばの入社五年目。損保会社にいたところを神野社長にヘッドハンティングされ、鳴り物入りで入社した。その頃から神野社長は、事業を丸投げ――もとい委任《いにん》できる人材を探していたらしい。

腰を下ろし、ノートパソコンを開く。月末ということもあり、みんなの電話する声が忙《せわ》しなく耳の横を流れていく。

「お世話になります。先日はご契約ありがとうございました」

「本日入金予定の敷金の着金確認は取れましたでしょうか」

「押印済みの書類の控えですが、明日にはお届けできるかと思います」

近いのにどこか遠いのは今に始まったことじゃない。毎日違う人と隣り合うフリーアドレスデスクは、営業部隊の連帯感を高めると言われているが、自分の座る席だけはいつも切り取り線がくっついている感じがする。

関ヶ原さんの姿はなかった。きっと集中室にこもって、十一月の数字をまとめているんだろう。藤本さんのデスクの後ろにある、簡易パーテーションで区切っただけの部屋を私たちは集中室と呼んでいる。

私もソフトを立ち上げ、今月の売上管理表を見た。藤本さんの更新により、ソーイングネットワークジャパンの二十万円は〈契約予定〉から〈キャンセル〉に変更されていた。

全社の月額目標二千万円に対して、二千百万円の売上。達成率は百・五パーセント。よかった、と胸を撫《な》で下ろす。私の案件がなくなっても、会社は今月の目標を達成していた。

オフィス仲介の売上は、成約時にもらう手数料で成り立っている。手数料は賃料一ヶ月分であることが多いが、案件によってまちまちだ。

売上高を公表しているオフィス仲介はほんの一握りで、二千万円の月額目標が多いのか少ないのかはよくわからない。営業は九人いるので一人あたり月二百万円強の売上が必要だが、経験年数によって目標の金額は異なり、毎月全員が達成できるとは限らない。

関ヶ原さんや大ベテランの二番手館林《たてばやし》さん、若手売り頭《がしら》の郷《ごう》さんを中心に、そのとき大きな案件を抱えている人がマイナスをカバーし、どうにか達成する。そして月が明ければまたゼロからのスタート、その繰り返しの中、私はみんなの足を引っ張り続けている。メールを立ち上げた。新規作成を押して、さっき考えた退職の文言を打ち込んでいく。関ヶ原さんは優しく指導してくださって……。

「咲野、ちょっと」

関ヶ原さんの声で慌ててメールを閉じた。集中室にくるよう手招きされて席を立つ。もしかしていよいよ怒られるのか。今回の件で私が退職を決意したのと同じように、関ヶ原さんも鉄槌《てっつい》を下そうと決めたのだろうか。

「咲野には明日――十二月一日付で、特務室に行ってほしいんだよね」

私が座るなり、関ヶ原さんは言った。

特務室。予想もしていなかった単語の登場に、私は何も反応を返せない。でも頭だけはからからと回転し、すぐに理解した。私は今、左遷《させん》を言い渡されている。

特務室に所属しているのは創業時からの古株社員、早乙女《さおとめ》さんのただ一人だけ。ふわふわの髪と、つぶらな瞳、ひょろっと長い手足、髭《ひげ》はどうだったか……早乙女さんに関する記憶は曖昧《あいまい》で、顔を思い出そうとするとアルパカになってしまう。

こうも記憶が曖昧なのは、早乙女さんと会う機会がとても少ないからだ。なぜならフロアが違うから。営業と経理は二階に集約されているが、特務室だけ八階にある。雀荘《じゃんそう》と囲《い》碁《ご》サロンと三分割された、ワンルームマンションくらいの部屋に、早乙女さんはいる。

「急な話で混乱してるだろうけど、咲野にはこれをチャンスだと思ってほしい」

「チャンス、ですか……」

「特務室はこの会社には欠かせない部署なんだ。ここだけの話、特務室がなかったら、とっくにこの会社はなくなってたと思うよ」

　絶対嘘だ。関ヶ原さんは敏感に空気を読む人だから、私が落ち込まないようにこれが左遷であることをごまかそうとしている。その優しさは痛いほど伝わってくるが、特務室の仕事内容を知っているだけに、すんなり呑《の》み込むのは難しい。

　特務室では、Ｘ案件の処理をしている。栄転と錯覚《さっかく》するようなかっこいい響きだ。でもＸ案件のＸはＥＸＴＲＥＭＥでもＥＸＣＥＬＬＥＮＴでもなく、×《バツ》に由来する。

　たとえば『このビルの名前の由来はなんですか』『幽霊物件マップを作っているのですが物件を載せてもいいですか』『ビルの前に人糞《じんぷん》らしき塊《かたまり》が落ちていて不快です』『工事の音がうるさくて夜も眠れません』などなど、会社が運営する物件情報サイト〈ＷＳＣ《ワークスペースコンサルティング》賃貸オフィス〉からは多種多様の問い合わせが飛んでくる。その人たちの前で仲介《ちゅうかい》業者は無力だ。オーナーではないからビルの名前の由来もわからないし、掲載の許可を出すこともできないし、管理会社でもないから人糞を片付けることも工事の音を止めることもできない。何も叶えてあげられない中、できる対応は一つしかない。

〈誠に申し訳ございません。弊社《へいしゃ》はオフィスのご契約をお手伝いしている仲介業者のため、物件の所有や管理には関わっておらず、ご質問にはお答えすることができかねます。〉

　この文言をひたすらコピペして返信するだけ。本当にそれだけだ。私も入社したばかりの頃は、CCで飛んでくるメールの差出人〈特務室早乙女〉の文字を見るたび、なんだかかっこいい、と思っていたが、全部コピペだとすぐに気づいた。他に何かしているとも聞かないから、早乙女さんはものすごく暇だと思う。

「あの、早乙女さんは、私が異動することはご存じなんでしょうか」

「もちろん。早乙女さんも助かるってさ。咲野を早くもアテにしてるみたいだよ」

「……わかりました、今までありがとうございました、関ヶ原さん」

　消え入りそうな声で伝え、頭を下げる。

「ラッキーだよ咲野。早乙女さんと一緒に働けるなんて。あの人まじでえぐいから」

　えぐいってどうえぐいんですか。問い返す気力はなく、退職の文言はタイミングを逃して言えずじまいだった。

　こうして私の営業人生はあっけなく終わり、十二月一日付で、特務室へ異動となった。

異動と言っても、文房具とノートパソコンと、会社支給のスマートフォンを持っていくだけだから身軽だ。宙ぶらりんになってしまった田岡ビル——私の唯一の案件は関ヶ原さんに引き継いだ。関ヶ原さんは以前から関係をあたためていた重要クライアントに動きがあったとかで忙しそうにしていたから、五分程度の、本当に短い引き継ぎになった。

八階の廊下《ろうか》では、同じフロアにある雀荘と囲碁クラブからジャラジャラパチパチと音が響いていた。特務室の扉をノックする。応答はない。「おつかれさまです」と扉を開け、一歩入って固まった。

部屋が狭いのは予想していたが、デスクや椅子《いす》がないのは予想していなかった。部屋の端にソファとローテーブル、あとは真ん中にリクライニングチェアが二つ。片方は雑多にお菓子が、そしてもう片方には、早乙女さんがのっていた。

遊牧民の寝巻きのようなだぼっとしたセットアップに身を包んだ早乙女さんは、記憶の中のアルパカとほぼ一致する。上瞼《うわまぶた》の際《きわ》まで伸びたふわふわの髪に、投げ出されたひょろ長い手足、創業期に入社した早乙女さんは今年で勤続八年、仮に新卒だとしても三十前後のはずだが、三十路《みそじ》の貫禄《かんろく》のようなものが早乙女さんからは感じられない。かと言って、若さがはじけているわけでもない。要するに年齢職業不詳、わかるのは男の人だということくらいだ。早乙女さんは最大まで倒したリクライニングチェアですーすー寝息をたてていた。呆気《あっけ》に取られ固まる私の背後で、扉がバタンと音を立てて閉まった。その音に反応するように、早乙女さんの瞼がゆっくりと持ち上がり、湿った垂れ目が私をうつす。

「そっか、今日からだっけ」

早乙女さんは驚いたようすもなく、むくっと起き上がった。聞けばすぐ思い出すものの、三日開《あ》いたら忘れてしまいそうな、ややかすれた特徴のない声だった。

「ええと、ちょっと待ってね」と早乙女さんがリクライニングチェアの上を片付けようとしたので、私は慌てて「こっちで大丈夫です」と端のソファに腰を下ろす。

「そこでいいんだ。こっち使いたくなったら言ってね。かなり快適だよ」

早乙女さんはそう言って、またリクライニングチェアに転がり、スマートフォンをいじり始めた。届く。業務時間中にこの角度になる人を、私は人生で初めて見た。

ノートパソコンを取り出して、ローテーブルの上で開くと、X案件への返信メールが連続して続して届く。一分と置かず次から次に受信する。開封してみる。やっぱり全部コピペだ。

「前に神野社長が運営してたネイルサロンなんだよね、ここ」

スマートフォンの画面を見つめたまま早乙女さんが言った。

「畳《たた》んだのは割と前だけど、使っていいって言うから使わせてもらってんの。あ、冷蔵庫の甘酒飲んでいいよ。美容と健康にいいんだって。なんかときどき社長から送られてくる」

「そうなんですか……」としか言いようがなかった。冷蔵庫をおそるおそる開けるとパウチされた甘酒が大量に入っていた。二階にはこんなのなかったのに、なぜなのだろう。

ついでにもう一つ、わからないことがあった。早乙女さんの役職だ。早乙女さんは社内で唯一、関ヶ原さんと同じマネジャーの肩書きを持つ。でもどう見ても、館林さんや郷さんの方が会社に貢献しているように見える。

宅建――宅地建物取引士の資格を持っているからか。不動産会社は、宅地建物取引士一人につき、本人を含め五人までしか雇えない。宅建業法でそう決まっている。会社にはまだ有資格者が少ないから、貴重な取引士を保全しようという方針なのかもしれない。早乙女さんが窓際《まどぎわ》生活に嫌気がさして辞めたりしないように、特務室マネジャーというかっこいい役職を与えて、さらには神野社長が甘酒を送ってきているのだろうか。

「そしたら咲野さんもX案件試しに返してみて。練習用に一つだけ残してるから」

早乙女さんの声で引き戻される。先ほどのメールの文章をコピペし、宛先《あてさき》を変えて送った。

「オッケー。こっちからのメールに対してたまに電話で折り返しくれる人がいるけど、その場合も同じ文言繰り返せばいいから」

『練習』はすぐ終わり、明日から私がX案件の対応をすることになった。その後は、メールの署名を変更し、同じ内容で新しい名刺《めいし》を発注した。

〈ワークスペースコンサルティング特務室　アシスタント　咲野花《はな》〉

その肩書きを見て、私は自分が早乙女さんの助手になったことに気づいた。頭を殴《なぐ》られたような衝撃だった。誰かの助手になることが嫌なんじゃなくて、助手になるなら、営業部隊か、経理の藤本さんの助手がよかった。

名刺発注依頼のメールにも〈かっこいいね、了解です〉と即レスしてくれる藤本さんは、たくさんの業務を抱えている。さすがに期末の経理処理など重要なタイミングには提携先の会計士さんの協力を得ているが、日ごろの名刺などの備品発注や、採用サイトに掲載する広告の出稿、面接の日程調整まで担当していて、いつも忙しそうだ。絶対そっちを手伝った方がいいのに、なぜ特務室なんだろう。もしかしてこれも、取引士である早乙女さんの機嫌取りをするため？　私は助手という熨斗《のし》つきで、特務室に送り込まれたんだろうか？

「おいしいなーこれ。咲野さんも食べる？」

早乙女さんは引き続きリクライニングチェアでスマートフォンをいじり、たった今開封したばかりのポテトチップスを差し出してきた。濃厚なにおいについ喉《のど》が鳴ったが、袋に印字されたハイパーガーリック味の文字で我に返る。さらに早乙女さんはそれに甘酒を合わせていた。

「大丈夫です」

私はトイレに逃げることにした。さっきから早乙女さんがスマートフォンで何をやっているのか気になって、扉を閉めながらさりげなく振り返る。激しく明滅する画面が、目に飛び込んできた。これ、知っている。今流行《はや》りに流行っているパズルゲーム〈ダイナクラッシュ〉だ。同じ色の恐竜の卵が合わさり、画面が発光する。クリア！　の文字とともに、恐竜の『ダイナ』が微笑《ほほえ》む。恐竜らしくない長い睫毛《まつげ》が揺れる。

若い女性インフルエンサーがデザインを考案したダイナは、グッズが出るたび即完売らしい。リュックやスマートフォンからぶら下がったダイナを何匹見たかもうわからない。早乙女さんが生まれたてのダイナをコレクションボックスにしまうのを見届け、私はそっと扉を閉じた。

他テナントと共用の女子トイレで用を済ませ、手を洗っていると、しゃっくりしながらおじいさんが入ってきた。雀荘《じゃんそう》のお客さんらしくお酒くさい。私を見ると「あちゃー間違えちゃった」と欠けた前歯を見せて笑いながらいなくなった。

蛇口《じゃぐち》をひねって水を止めた。つらかったはずなのに、早くも私は二階のフリーアドレスデスクの端っこに戻りたくなっていた。

関ヶ原さんが慣れたようすで特務室にやってきたのは、その翌日のことだった。

「月末の咲野の案件、あったじゃないですか。ソーイングネットワークジャパンさん。あのブッカクを手伝ってほしいんです。けっこうボリューミーで、手が追いつかなくて」

関ヶ原さんは申し訳なさそうに言った。

私は驚いた。特務室はもっと隔離された世界で、関ヶ原さんが案件の相談を持ちかけてくることなどないと思っていた。デスクと椅子がないのも関ヶ原さんにとっては見慣れた光景のようで、菓子置きと化したリクライニングチェアを見下ろし、「いつ見ても潤沢なストックっすね」と笑っている。

ちなみにブッカクとはオーナーや管理会社に最新の情報を電話で確認すること、つまり物件確認の略だ。

不動産はネットで出回る情報がリアルタイムじゃない。もちろんなるべく情報を新しく保てるように、私たちも自社のデータベースをせっせと人力で更新しているが、都内にある空室《くうしつ》を九人の営業で拾い上げるのは無茶だ。

だからクライアントに提案するときや、問い合わせを受けたときは、必ずブッカクする。空室状況は日々変わるし、相場に応じてオフィスの坪単価《つぼたんか》は頻繁《ひんぱん》に変動するので、怠《おこた》るとトラブルになりかねない。美容サロンやレストランの予約サイトのように、誰でもサクッと情報を確認できたらいいのに、その道のりはまだまだ遠く、だからこそ私たち仲介の責任は大きい。仲介は、クライアントに素早く正確な情報を届ける媒介《ばいかい》となる必要がある。

「ソーイングさんって、移転自体はやめないんですね」

早乙女さんが横になったまま、関ヶ原さんにたずねた。私はまた驚かされた。早乙女さん、ソーイングというクライアントの存在を知っていたんだ。しかも、どんなふうに壊れたかも把握《はあく》しているような話し方だ。

「移転の意志はあります。とりあえず現オフィスに留まれることになったんですけど、いずれは移らなきゃいけないでしょうね……ただ」

関ヶ原さんが眉《まゆ》を寄せる。

「正直、候補がないんですよ。もともと田岡ビルしかなかったのに、難しい条件まで加わってかなり厳しいです。ひとまず探してみて報告します、ってステータスなんすよ」

ステータスと聞いて、田岡ビルの応接室の光景が蘇《よみがえ》った。胸が苦しくなる。

「見つからなくても大丈夫なんですか？」

早乙女さんが問い返す。

「ないならないで、その報告ができればいいです」

「去る者追わずな感じですね。了解です」

よいしょと早乙女さんは体を起こし、私の方を見た。お菓子の山の直上くらいで視線がぶつかり、すぐに外れる。

「ちょっといいこと思いついたんで、咲野さんに手伝ってもらいながらやります」

早乙女さんは言った。

「助かります。細かい条件は咲野が全部把握してるので、お二人で共有してもらえたら。咲野、頼むね」

「は、はい」

私は慌てて頷《うなず》く。どんなかたちであれ、また携《たずさ》われるのは嬉しい。でもX案件をこなす特務室にこの話がくるのは、ソーイングもお金にならない案件という位置づけに落ちてしまったからだ。数日前まで契約へと向かっていたのになんて儚《はかな》いんだろう。

「てか今月、いろいろ頼んですいません。早乙女さん」

扉に手をかけ、関ヶ原さんは思い出したように早乙女さんを振り返る。

「いいですよ、焼肉とかで手を打ちます」

「じゃあ、牛《ぎゅう》ちゃん食堂行きましょう。あそこなら食べ放題なんで」

「食べ放じゃない方がいいですねー。雅牛園《がぎゅうえん》がいいかなー」

「聞こえませんでした。じゃあおつかれさまです」

関ヶ原さんはにやりと笑うと、特務室を後にした。ずいぶん砕《くだ》けたやりとりだ。関ヶ原さんの人間力を感じる。マネジャーという同じ立場の人間が自堕落《じだらく》に過ごしていたら腹を立てそうなものだが、関ヶ原さんは嫌な顔一つしない。有資格者を失うリスクと天秤《てんびん》にかけ、早乙女さんを立てようと腹を決めているのかもしれない。

「よし、じゃあやろうか」

早乙女さんは関ヶ原さんと話して気分がいいのか、表情の読めない垂れ目にやる気が宿っているように見える。

「まずソーイングさんの概要《がいよう》をざっくり聞いていい？　一応は把握してるつもりだけど」

早乙女さんの『把握』がどこまでかわからず、私は念のため一から説明する。

〈お裁縫《さいほう》も宅配で〉をキャッチコピーに掲《かか》げる株式会社ソーイングネットワークジャパンは、全国区から宅配でファッションリフォームを受け付けている。創業者である吉峰社長が、繊維街《せんいがい》で仕立屋を営《いとな》んでいたおばあさんの影響を受けて立ち上げた会社だ。

個人だけではなく、洋品店や、包括《ほうかつ》契約している法人も含まれるので、事業拡大に伴《ともな》って搬出入の量は激増していった。それ自体は嬉しい悲鳴だったが、洋服はかさばる。大きな段ボール箱がひっきりなしに搬出入される状況となり、現在のオフィスの管理会社から「エレベーターの占有になるのでもう少し控えてほしい」という指摘が入った。

そこから始まった移転計画で、最も重視された条件は『一階であること』だった。宅配トラックを前づけし、エレベーターや階段を経由せずに台車で搬入できるのが望ましい。他にも二十坪二十万円という厳しい予算や、倉庫や作業場が徒歩圏にある人形町《にんぎょうちょう》エリア限定などの細かい条件があったが、オフィス探しが難航した最大の理由は一階へのこだわりだった。

一階のオフィスは、実はとても少ない。ネットにも掲載され、街を歩けばよくテナント募集の看板が出ているからたくさん出回っているように見えるが、そのほとんどが美容室やレストランに適した躯体《くたい》むきだしの区画だ。それを事務所として使うのは、骨格標本に布やら綿やらをくっつけてぬいぐるみを作るくらい大変なことだ。

「もうリリースしていいよ」

私が担当していたとき、あまりに物件がなくて、関ヶ原さんからはそう言われた。リリースしていい、は『費用対効果の悪い案件は手放せ』の意味だ。でも、私にとっては費用対効果も何もなかった。ソーイングが唯一の案件だったから、手放すなんてできなかった。手放して、これ以上ゼロを更新したらいよいよ会社にいられなくなると思っていた。

追い詰められた人間は急発進することがある。そのときの私もそうだった。ある晴れた週末、私は人形町駅をスタート地点にしてひとけのないオフィス街をしらみ潰しに歩いた。人形焼の甘いにおいを感じたのは最初だけで、賑《にぎ》やかな甘酒横丁《あまざけよこちょう》を離れると狭小ビルが静かに立ち並び、太陽に灼かれていた。熱中症にならないように、たくさん水を飲みながら歩いた。じぐざぐ路地を縫《ぬ》うように進む私を、選挙カーが追い越していく。

『アテネー鈴木《すずき》です、よろしくお願いします！』

ネットで話題のアテネー鈴木は東京都知事選の立候補者で、ギリシア神話に出てくるような月桂冠《げっけいかん》をかぶり、他人同士が集まって擬《ぎ》似家族として暮らす東京コーポラティブポリス構想を説《と》いている。

いわゆるイロモノ枠《わく》の人ってどこまで本気でどこまで冗談なんだろうか、と思いながら左右のビルに目を配り歩いていると、アテネー鈴木の選挙ポスターと目が合った。

緑茶色のビルの一階が選挙事務所になっていた。ガラス戸の向こうに、月桂冠に白い布をまとった人々の姿が見えた。白い布はハッピのかたちをしていて、バッカスみたいな恰《かっ》幅《ぷく》のいいおじさんが私の視線に気づき、頬肉《ほおにく》をこんもりと上げて微笑《ほほえ》んだ。

言葉を交わしたらコーポラティブポリスに取り込まれる。私はそれとなく後ずさり、しかしビルから目を離せない。反対側の月極駐車場に身を潜め、考えた。

このビル、空《あ》くかもしれない。アテネー鈴木は間違いなく落選する。いや、当落関係なく、選挙が終われば選挙事務所は引き払われるはずだ。前に関ヶ原さんが、選挙事務所の案件を『短期貸しはできないんです』と断っているのを見た。

オーナーはビルの上に住んでいるんだろうか。どこかに連絡先は載っていないか。事務所に引っ込んだハッピの人に気づかれないようにそっと近づいて、一階脇にある階段の昇降口に足を踏み入れたとき、上から足音がした。不審げに私を見下ろしたおじいさんが「うちのビルに何か？」と声をかけてきた。田岡オーナーとの出会いだった。

「ぜひ見ていただきたい物件があります」

私が電話すると、吉峰社長はすぐに現地に駆けつけてくれた。つり眉の下の細い目に、光が満ちていくのを見た。二十坪二十万、現オフィスから一キロ以内の、搬出入ＯＫの一階。奇跡的なマッチング。旧耐震基準で、綺麗《きれい》とは言えない田岡ビルだが、ソーイングにとっては全ての理想が詰まっていた。

ここに入居できるならできる限りのことはします——その言葉通り吉峰社長はすごく入

居審査に協力的だった。最初は設立三年目の若い会社を警戒していた田岡オーナーも、今後の会社の可能性を信じて、最終的には納得の上で契約へと舵《かじ》を切ってくれた。

では何が契約を壊したか。

ハンコを捺《お》した直後の、吉峰社長のなにげない一言だ。

「このオフィスなら、安心してマロンを迎えられそうです」

マロン──吉峰社長の風貌《ふうぼう》とはギャップのある可愛《かわい》らしい響きが、田岡ビル応接室に流れる時間を止めた。

「マロン？」

田岡オーナーが聞き返す。私は思い出した。少し前、内装の現地調査のために朝イチで内見をしたときに、上着にふわふわの毛をくっつけていた、吉峰社長のこと。

「コロコロしてくるの忘れちゃいましたよ」自宅から直接来たという吉峰社長は苦笑いしながら、「こいつが犯人です」とスマートフォンの待受を見せてくれた。毬《まり》のようにまんまるの、栗毛のポメラニアンが映っていた。

すぐに気づいた。

──この子、ソーイングのホームページに登場するマスコットキャラクターだ。

見えない楕円《だえん》に向かう集中線の真ん中に、まんまるの黒目とつんと突き出た鼻。シンプルで可愛いそのキャラクターは、料金案内やQ&Aのページを馴染《なじ》みやすいものに変えていた。

あれがきっとマロンだ。つまり吉峰社長はマスコットキャラクターのモデルとなった、会社ゆかりのポメラニアンを田岡ビルで飼おうとしている？　それはダメかもしれない、事務所でペットは基本的に飼えないはずだ――気づいたときにはもう遅く、警戒したような田岡オーナーの声が響いた。

「失礼ですが、このビルでペットを飼うおつもりで？」

「ですね」

「ペットの飼育はご遠慮《えんりょ》いただきたいのですが」

「えっそうなんですか」

吉峰社長は目を見開き、「あの、でも」と続けた。

「マロンはとても大人しいんですよ。ご迷惑をおかけすることはないと思います」

私は驚いた。現地調査の日と言っていることが違う。「ヤンチャで困ってるんです」と言っていたし、待受のマロンは今にも画面を突き破って飛びかかってきそうなほどの躍動感に溢《あふ》れていた。強面《こわもて》だがスマートな吉峰社長が、とても自然に嘘をついたことに言葉を失った。

「大人しいとか関係ありません、迷惑です」

田岡オーナーの強い拒絶に、「そんな言い方ないですよ」と吉峰社長が反論する。あとは知っての通りだ。マロンを引き金に、ソーイングネットワークジャパンは移転先を、田岡オーナーは新テナントを、私は初めての契約を失うことになったのだ。

「ペットＯＫっていうのが必須《ひっす》になっちゃったんだねー」

「そうなんです」

「ソーイングさんって布とか扱うのに、ペット飼えるのかな」

「商品管理に影響がないように対策は考えてたそうです。今も人形町に倉庫と作業場があるので、やりようはあるんだと思います」

とはいえ、代替《だいたい》物件が見つかるとは思えない。散々探し尽くして、田岡ビルしかなかったのは紛《まぎ》れもない事実だし、テレビや雑誌にはペットのいるオフィスがたびたび登場するが、実際にはまだ少数派なのだ。

仮にエリアを広げ、条件をゆるめたところで、マンションタイプのＳＯＨＯ（Small Office Home Officeの略語で、スペースの小さな仕事場を指す）か、外資系シェアオフィスくらいしか思いつかない。本国のニューヨークに倣《なら》ってペットＯＫを売りにしている『ユアスペース』というシェアオフィスを知っているが、残念ながら両方ともソーイングの希望とはマッチしない。ＳＯＨＯは狭すぎる。そしてユアスペースは高すぎる。おしゃれすぎる内装に広大なカフェスペース。無料のドリンクサービスが坪単価《つぼたんか》をぐんと引き上げているのだ。

「もったいないね−田岡ビル。ドンピシャなのに」

本当にそう。関ヶ原さんの言っていたように、吉峰社長がすぐマロンを諦めることはないだろう。田岡オーナーの強い拒絶が、吉峰社長を頑固にさせてしまった気がする。

「まあ、嘆《なげ》いてもしょうがないね。とりあえず俺がブッカクリスト作るよ」

「いいんですか」

「咲野さん一通り見てるもんね。別の人間が作った方が漏《も》れがなさそう」

「ありがとうございます」

早乙女さん、言っていることがなんかまともだ。田岡ビルを知っているみたいだし、私の拙《つたな》い説明で概要《がいよう》を把握《はあく》してくれて、意外に頼もしい。

だが、そう思ったのは束《つか》の間《ま》のことで、リストの印刷時間の長さは私を怯《ひる》ませた。リクライニングチェアの横にコバンザメのように潜んでいたプリンターは、ガーガーと音を立て続け、一向に止まる気配がない。

「じゃあとりあえずこれね」

差し出されたリストは、単行本くらいの厚みがあった。

「早乙女さん」

数枚めくって、私は青ざめた。

「このリスト、エリアが広すぎます。坪数も五十坪以上の物件ばかりです」

しかも一階じゃない。一階じゃないと、ソーイングが今抱えている問題は解決されない。このブッカク結果をレポートしても「ちゃんとしてください」と怒られるのが関の山だ。

条件を伝えたのに、わかってくれたみたいだったのに、なんで？

「エリアをもっと広げて一階だけに絞《しぼ》った方がまだいい気がします。それか、空中階でも搬出入用のエレベーターがある物件とか」

「まあまあ、悪いようにはしないからさ。やってみてよ」

早乙女さんは私の訴えを柳のようにかわし、悪い人しか言わなさそうな台詞《せりふ》を口にした。

地獄のブッカクが始まった。私は心を殺し、リストの上から順に電話をかける。

「ワークスペースの咲野と申します。御社の物件についてお伺《うかが》いしたいことがございまして、ご連絡しました。風来《フウライ》ビルですが、ペットの飼育は可能でしょうか？」

『は？　ペット？』

これまで丁寧《ていねい》だった相手の声が硬くなる。田岡オーナーと同じ反応に、オフィスでペットを飼うことがまだ非常識なのだと突き付けられる。住宅じゃないんですよ無理に決まってるでしょ、と矢継《やつ》ぎ早《ばや》に電話を切られる。大きな×をリストに書き込み、次を当たる。

相手の反応は似たり寄ったりだ。呆《あき》れられるか、笑われるか、怒られるか。「そんなことまで調べるなんて大変ですね」と同情されるか。これだけ量があると管理会社やオーナーが重複していて「さっきも電話もらいましたよね」と皮肉を言われることもあった。

不動産業界の夜は早く、六時頃には管理会社に電話が繋《つな》がらなくなってくる。焦るべきなのに、自動音声が流れてものすごくホッとした。今日はこれで終われる。

NG回答は鰹節削《かつおぶしけず》りみたいに少しずつ、しかし確実に私のメンタルを削っていた。体のきつさがそれに拍車をかける。ローテーブルに屈んでメモを取ると首が痛くて、途中から私はソファの座面を背もたれ代わりに床に座った。足がとても痺《しび》れたし、腰も痛い。ストレスで甘酒を二パックも飲んでしまった。美容と健康にいいとはいえ、糖分の摂《と》りすぎだ。こんなの毎日続けたらどうにかなってしまう。

ちなみに早乙女さんは手伝ってくれない。さりげなく分担を聞いても、「今重大案件進めてるから」と言う。でも今日もスマートフォンをいじってばかりいる。ちらっと覗《のぞ》くたび、ダイナクラッシュだったりSNSだったりが表示されていて、なんだか気の向くままという感じだ。

ただ人は慣れるもので、三日もすれば私はX案件とブッカクを機械的にこなし始めていた。なにせ無に足を突っ込んでいた期間が長いのだ。異動前は他のメンバーのブッカクや資料作成を手伝って一日が終わることもザラにあったし、その延長戦と思えばよかった。

「NGですね、ありがとうございました、失礼します」

電話をしながらデータベースを更新し、リストにNGと書き込む。確認日と確認相手、ペットＯＫ・ＮＧは全部赤字でメモした。二十件近くかけたけれど、まだＮＧしかない。書き込みの筆圧でリストがパリパリになっていく。次の管理会社に電話をかけようとしたとき、スマートフォンが震えた。繋がらなかったオーナーからの折り返しの連絡だろうか。

「お電話ありがとうございます！　ワークスペースさきの」

『あんたふざけんじゃないわよっ！　人が親切心で教えてやったのに！』

悲鳴に近い罵声《ばせい》が響き渡る。管理会社の人がペットのことでキレているのかと思ったが、いまいち話が嚙《か》み合わない。途中で朝イチ対応した、Ｘ案件の人だと気づいた。

ビル前に黒塗りの車がたびたび停まっています、反社会的組織の人間がビル内にいるのかもしれません、と送ってきた人が、メール署名にある私の番号に電話をかけてきたのだ。

「申し訳ございません、ですが弊社《へいしゃ》は仲介《ちゅうかい》でして」

『おたくが何かなんてどうでもいいわよ！　ビルに反社が入ってていいの⁉　そんな物件をネットに載せてていいの⁉　仲介ってのはそんな適当な仕事なの⁉』

自分のコンディションが悪いからか、義憤《ぎふん》を振りかざしてくる相手の言葉があまりに強いからか、どっと疲労感が押し寄せてくる。相手が『もう行政か司法に頼りますから』と言って唐突《とうとつ》に電話を切り嵐が去る。顔を上げると早乙女さんの横顔が目に入った。耳に突っ込んだイヤホンからは、女の子の黄色い声が漏れている。アイドルの動画でも見ているんだろうか。新しく開けたキャラメルポップコーンのにおいが鼻の先まで届いたとき、あ、辞めたい、と強く思った。今朝、エレベーターの中で一緒になった光村《みつむら》の言葉を思い出す。

「早乙女さんと二人とかキツくね？」

光村は私と同い年だが、同期ではない。高校を出てすぐ複合機のメーカーに入社し、私より半年早くワークスペースコンサルティングに入社した。光村は意地が悪く、売上ゼロだった私を見下している。転職の理由は知らない。願わくは複合機を売り続けていてほしかった。

「キツいって何が」

「変わってそうじゃん。要は干されてんでしょ早乙女さんって」

「そんなことないよ」

私の声は小さく頼りなかった。よくわからないリストとX案件を私に押しつけて、遊んでばかりいる早乙女さんを、大きな声では庇《かば》えなかった。

「早乙女さん」

私はゆらりと早乙女さんのリクライニングチェアに近づいた。早乙女さんが視線を上げて目が合った瞬間、押し出されるくずきりみたいにするんと言葉が出た。

「異動してすぐで申し訳ないのですが、退職させていただきたいんです。この会社で足を引っ張っているのが申し訳なくて、関ヶ原さんにも、……早乙女さんにも、本当によくしていただいたのですが」

最後のは本心じゃない。でも、考えていた退職の文言はだいたい言えた。

「なるほど」

早乙女さんはイヤホンを外した。手にしたスマートフォンの画面にはピンクの頭が映っていた。アイドルじゃなくて『アヤまる』の配信を見ていたらしい。アヤまるはダイナクラッシュを開発した、ピンク頭のインフルエンサーだ。早乙女さんはダイナクラッシュにハマりすぎて、アヤまるまで追うようになったのか。それとも逆で、最初からアヤまる推しだからダイナクラッシュを始めたのかなどと、どうでもいいことを考えた。

慰留はされないと思っていた。まだ私と早乙女さんに絆《きずな》はないし、私が辞めたところで早乙女さんにとっては一人快適な窓際ライフが続いていくだけだ。でも、早乙女さんはむくりと起き上がり、寝起きのような目で私を見上げると、

「それはダメです」

と左右に首を振った。ふわふわの髪が大きく揺れる。

「どうしてですか」

「……え、査定に響くから」

「査定?」

「直属の部下が辞めちゃうと、けっこうダメージでかいんだよね」

わかるでしょ、と言いたげにぱちぱちと瞬きをする。

「営業は売上が大事だけど、マネジャーって定着率が大事なんだ」

私は言葉が出なかった。早乙女さん自身の査定を理由に慰留されるとは夢にも思わなかったのだ。普通そういうのって、思っていても言わないものじゃないのか。早乙女さんと接していると何が普通なのかだんだんわからなくなってくる。

「でもよかった。こんなこともあろうかと、一応切り札を見つけておいたんだ」

「切り札、ですか?」

「これって咲野さんだよね? 社名でエゴサしたら見つけたんだけど」

そう言って早乙女さんはスマートフォンの画面を私の方へと向けた。緑と白の画面に短い文の羅列《られつ》。豚のマークで有名な、つぶやき用のSNSだ。そこには一つのアカウントが表示されていた。

アカウント名は〈WSC野に咲く花〉プロフィールは〈営業一年目女子〉アイコンはキュッと口角を上げた唇だけのアップ。すぐにわかった。これ私だ。誰がどう見ても、私のアカウントだ。私の名前は咲野花で、WSCの営業一年目女子はこの世に私しかいない。いや、もしかしたら同じアルファベットの会社の一年目女子が日本のどこかにいるのかもしれないが、アイコンの唇の際《きわ》には、小学生の頃から悩んできたほくろがある。

問題は、私がSNSをいっさいやっておらず、全くこのアカウントに覚えがないということだ。

「誰にも言わないから、ちょっと退職待ってもらえないかな」

早乙女さんの声がぐわんぐわんと遠くでこだまする。

「私じゃありません」

震える声で言った。

「写真は私なんですけど、私ＳＮＳやってないので、本当に違います」

「あ、そうなの？」

「はい。なんですか、これ」

どうにか声をひり出したところで、頭も心も全《まった》く追いついていない。

「でもこのピーシャって、咲野さんのキャンセル案件のことだよね」

確認されて私は頷《うなず》くしかない。

〈ピーシャのジジイはタオルに埋もれて消えちまえ〉

それはたった一行だけ、〈野に咲く花〉が投稿したつぶやきだ。投稿日は今年五月のゴールデンウィーク中の日付。傍目《はため》に見ればなんのことかわからない内容でも、内情を知る人が見たならすぐにピンとくる。会社にとって大きな事件だったから、早乙女さんも知っているのだろう。

ピーシャはＰ社だ。私たちは顧客《こきやく》の情報保護のため、外ではイニシャルトークを徹底している。ソーイングはＳ社、関ヶ原さんがかかりきりの重要クライアント『デジペイ』は

D社、光村が先月逃した悔《くや》しがっていた吉田《よしだ》税理士法人はY社。そして私にとってのP社なんて一つしかない。東京パイル社。創業五十年の老舗《しにせ》タオルメーカーで、私の営業人生で最初のクライアントだ。

四月の終わり、みんなの出払ったオフィスで、一本の問い合わせを受けた。

『急なんですけど本日青洋《せいよう》ビルディングさんを内見させてもらえませんか』

しわがれた、優しそうなおじいさんの声で、社名は教えてもらえなかった。

当時の上司だった館林さんに電話で相談して、初めて私は一人で内見に立ち会うことになった。急いで向かった先に現れたおじいさんは、物件をいたく気に入って、申し込みを前向きに進めたいと言った。もらった名刺《めいし》には、〈東京パイル社取締役会長〉という肩書きがあった。一代で会社を大きくした会長は、数年前に大病を患《わずら》い、いったんは社長の座を弟に譲《ゆず》ったそうだ。今は快復し、再び経営に携《たずさ》わっているのだと話してくれた。

会社に戻って報告すると、ふだん冷静な館林さんが目を剝《む》いた。関ヶ原さんも集中室から飛び出してきた。

馬喰町《ばくろちょう》にある対象物件・青洋ビルディングはおよそ百五十坪《つぼ》、月額賃料二百万円。仲介として受け取れる手数料も、同じく二百万円。そして、実際にはもっと大きなお金が動く。敷金は賃料十二ヶ月分で、二千四百万円。入ったばかりの新卒の月額目標は五十万円だから、たった一件の契約で四百パーセントの達成率になる。売上管理表に案件を反映した途端、フリーアドレスデスクで作業していたメンバーの視線が私に集中した。

すごい新卒が入ってきた、運も実力のうちだから期待できる、デビュー戦がこれはえぐい、などなど。私はとんでもないビギナーズラックを引き当てたみたいだった。光村はずっと焦った顔で「本当に契約すんの？」「ちゃんと進んでんの？」とことあるごとに聞いてきたし、館林さんも「なんとか話をまとめよう」と三時間に一回は状況をたずねてきた。

周りが過敏に反応するほど緊張は加速した。それでも落ち着いて条件交渉まで進められたのは会長のおかげだ。

「それじゃあ咲野さんの初売上のために、早めに進めていくとしよう」

会長は最初の電話から一貫して、優しかった。オフィス仲介の女性営業を珍しく感じたようで、新人の私にも本当によくしてくれた。

異変が生じたのは、青洋ビルディングへの条件交渉に成功し、あとは契約を進めていくだけというときだった。

『悪いけど、もう連絡してこないでください』

ゴールデンウィーク明けの、よく晴れた日だった。電話越しの声は、会長じゃないみたいに硬かった。

『青洋ビルディングの契約はビズオフィスという、別の仲介さんに依頼します』

物件は変えずに、仲介業者のみを〈ビズオフィス・ソリューション〉に変更する。会長はそう告げた。こういった〈鞍替《くらが》え〉はオフィス仲介の世界ではタブーとされている。内見前ならセーフで、内見後だとアウト。厳しいが昔から続く暗黙のルールだ。たとえるなら、飲食店でオーダーを入れてから、やっぱりやめますと別の店に行くようなものだ。ホストの世界で指名替えがタブーなのと似ているかもしれない。

理由を聞いても会長は答えてくれず、やりとりを拒否された。館林さんから関ヶ原さんに報告が上がり、関ヶ原さんは憤慨《ふんがい》したようすでビズオフィスとの話し合いに赴《おもむ》いた。

「いくらお客さんの都合って言っても、同じ仲介として横取りはありえない」

と息を巻いていたのに、帰ってくる頃には怒りを萎《しぼ》ませ、狐につままれたような、なんとも言えない顔をしていた。

「私が何か失礼なことをしてしまったんでしょうか」

気が気じゃなくて何度も聞いた。でも、関ヶ原さんは終始歯切れが悪く、真相は藪《やぶ》の中。

みんなの新卒への期待は泡《あわ》となって消えた。上司は館林さんから関ヶ原さんに変わった。大きい案件を壊したから、マネジャー直々に注視が必要と見做《みな》されたのかもしれない。そのとき私は落ち込んでいたが、まだ心は折れていなかった。まだ巻き返せると思っていた。

そして、盛大に空回《からまわ》りした。

梅雨《つゆ》前、十二棟の内見が入った日だった。東京進出を目指す会社からの「上京に合わせてまとめて一気に見たい」という依頼だった。スムーズに案内するために、内見前の下見は欠かせない。内見前日は持参用の資料の作成に追われ、当日の朝七時から下見に行った。候補物件十二棟を急いで回ってそのまま朝イチの内見に向かい、途中までは順調に進んだが、最後のビルに行く途中で視界がぐにゃっと歪んだ。

貧血か熱中症だったのだと思う。頭が痛かった。表皮は熱いのに、放熱した体の芯だけ寒かった。どうにか踏ん張ったけれどクライアントと別れるときの私は、溶けそうな赤鬼みたいだったと思う。相手の怯《おび》えたような顔を今でも覚えている。そのあと会社宛《あて》に担当を替えてほしいと連絡があった。

負の連鎖はなぜ続くのだろう。そこからは転がり落ちるようだった。サイト経由の問い合わせはピンキリで、一見普通の会社に見えても、蓋《ふた》を開けてみるとバックに怪しげなカルト団体がいたり、社長に詐欺《さぎ》の前科があったりする。怪しいから断ると、逆上する相手もいる。『埋めるぞ』『沈めるぞ』を同じ日に別々の会社から言われたこともあった。

心は折れた。折れれば折れるほど、粉々に砕《くだ》け散った案件の山の上で、東京パイル社は一等星のように輝き続けた。数多《あまた》いる業者の一つとしてではなく、営業として私に接してくれたのは会長だけだった。だからこそ、ずっと引っかかっている。態度が急変したのはなぜか。あのタイミングで鞍替えしたのはなぜなのか。

「野に咲く花……」

思わず声が出た。つぶやきをもう一度見つめる。タオルに埋もれて消えちまえ。

「咲野さんが違うなら、もしかして、なりすましってやつかなあ」

なりすまし――その言葉を皮切りに、濁流《だくりゅう》のように思考が押し寄せる。

ゴールデンウィーク前まで良好だった会長との関係は、ゴールデンウイーク後におかしくなった。投稿はゴールデンウィーク中のものだ。会長はこのつぶやきを見たのだろうか。いや、普通の人はこんなの見つけられない。早乙女さんだってたまたまエゴサして見つけたのだ。じゃあ会長は誰かに、このつぶやきを見せられた？　誰かがこれを材料に、会長に何かを吹き込んだ？

「誰かが東京パイル社の契約を壊した……」

「ああ、それはありえるかもね」

私がこぼした言葉を早乙女さんはあっさり肯定する。

「咲野さん、誰か社外の人の恨みとか買った？」

「いえ、恨みを買うほど、関わってないです」

「となるとビズオフィスが怪しいねー。得してるのは彼らだし」

「……」

「どうする？」

黙り込む私に早乙女さんが問いかける。

「うやむやなまま、退職しちゃっていいのかな。いったん保留にして、犯人探さないと気持ち悪くない？」

私は唇を噛《か》んだ。悔しかった。自分の利益のためにこんな切り札を持ち出す早乙女さんをひどいと思った。だけど、消えちまえなんてもっとひどい。私は会長に消えてほしくなかった。

「……退職は一度保留にします」

絞《しぼ》り出すように言った。早乙女さんの目が、満足げにくしゃっと垂れた。


本当はすぐに調べ始めたかったが、「まずはソーイングさんのブッカクだよ」と早乙女さんにブレーキをかけられた。

「でも、時間が経てば経つほどわからないことが増えそうです」

「すでに半年近く経ってる。開示請求しようにもログの保存期間は過ぎてるし、特定までは難しいんじゃないかな。何より関ヶ原さんの依頼を優先しないのはまずいから」

急にまともなことを言われて、私は口をつぐむしかなかった。開示請求だなんて、ニュースでしか見ないような単語にビビってしまったのもある。だけど早乙女さんはソーイングのブッカクが終わったら情報を洗い出そうと約束してくれた。なんだかうまいこと時間稼《かせ》ぎをされているような気もしたけれど、とりあえず私はルーティンに戻った。

『ペット？　何言ってるんですか？』

電話の向こうから冷淡な声をぶつけられる。深追いしてはいけないパターンの反応だ。難しいですよね失礼しました、と電話を終えようとすると、逃さないとばかりに怒り出す。

『ふざけてんですか⁉　そんなことを言うのはいったいどこの会社ですか！』

ビリビリと声が割れている。電話相手が怒るのはよくあることだった。ビルの窓口はさまざまで、大手管理会社のこともあればオーナーの自宅のこともある。みんなが淡々としたやりとりをできるわけではなく、相手の虫の居所が悪ければこうして燃え上がることもある。

「申し訳ございません、お客様のお名前を現段階では申し上げられないのですが、一応そういった条件で探されてまして」

『社名を出せないのに訳の分からない質問をぶつけるの⁉　おたく、どこの仲介《ちゅうかい》さん⁉』

「へ、弊社《へいしゃ》は、ワークスペースコンサルティングと申しまして」

矛先《ほこさき》はだんだんうちに向いてくる。じんわり服の中に汗が滲《にじ》む。よくあることでも、怖いものは怖い。そのとき、早乙女さんが近づいてきた。私の隣に腰掛け、代わって、と口をパクパクする。外したイヤホンからアヤまるの声が漏《も》れていて、相手に聞こえるんじゃないかと気が気じゃなかったが、放り出したい気持ちが勝った。怒り続ける相手に断りを入れて、早乙女さんにスマートフォンを渡す。

「すみませんー、部下の説明が不足してたみたいで」

まったりとした早乙女さんの口調は、火に油を注いだようだった。怒鳴り声はいっそう大きくなった。早乙女さんは動じずに続ける。

「実はまだ動き出し段階の、先方の社内ですら内密に進めているプロジェクトなんですよ」

世界の秘密を打ち明けるような声だった。相手の声がトーンダウンし、何かを問い返す。

「先方の従業員数ですか？　たしか……グループ全体だと三百名は超えていたと思います」

えっ、と声が出そうになった。ソーイングの従業員数はパートアルバイト含めて十人で、グループ会社なんて存在しない。

「評点は六十五点ですね」

さらに早乙女さんは言い切った。評点とは民間の調査会社がつける企業の通信簿のようなもので、これがオフィスの入居審査ではかなり重要視されている。評点次第で面白いくらいに担当者の態度は変わるのだ。六十五点あれば、門前払いということはまずない。ちなみに東京パイル社も七十点近くあった。

早乙女さんは一仕事終えたように電話を終えると、私にスマートフォンを戻す。

「今みたく、最初に企業の情報言っとくと絡まれなくて楽ちんだよ」

「あの、ソーイングさんの評点は、四十四点です」

私が指摘すると早乙女さんはきょとんとした顔で、「そこはフカシでいいっしょ」と言った。

金曜日。やたら長く感じた一週間が終わろうとしていた。従業員数と評点をフカしてもペットOKの物件は出てこなかった。相手の対応は柔らかくなり、かえって罪悪感を刺激されて疲れた。

早乙女さんへの報告を終えて定時で上がる。エレベーターに乗るとどっと疲れが出て、ぼうっと階数表示を見ていると、経理の藤本さんが乗ってきた。

「咲野ちゃんだ！　どうしたのーげっそりして」

「藤本さん」

異動したばかりなのに、懐かしさで声が震えた。今日の藤本さんはモカベージュのコートを着て、髪をゆるく巻いている。合コンかデートかな、と思ったら案《あん》の定《じよう》、飲み会までの時間、お茶に誘われる。ブッカクとなりすましの件で心が荒《すさ》んでいたので、信用できる人と話せるのはありがたい。

たった一人の同性が藤本さんでよかったと、これまで何度思ったか知れない。東京パイル社が前向きに進んでいたときは自分のことのように喜んでくれたし、私が悪循環に呑《の》まれてからも、異動という名の左遷《させん》をされた今も、変わらない態度で接してくれる。

道玄坂を駅方面に向かって下りていき、途中にあるチェーンのカフェに入った。

「咲野ちゃんがいないと二階がむさ苦しいよー」

カフェラテをかき混ぜながら、藤本さんは嘆《なげ》くように言った。求人関係の業務にも携《たずさ》わっている藤本さんは、いつも女の子の応募が少ないのを悲しんでいる。現状が男性九割となると、求職者側もきっと尻込みしてしまうんだろう。

「私がいなくても藤本さんがいればむさくないですよ」

「いや、自分はノーカウントだよ。だって、私の視界には女の子が一人もいないんだから。ネイルとか可愛《かわい》くして目を楽しませるくらいしかやれることないよ」

そう言って藤本さんは、手をぷらぷらさせる。今日はくすみピンクのフレンチネイル。前はストーンがのっていた。薬局で買える〈一塗り速乾ジェル見えネイル〉を愛用する私にとって藤本さんから聞く美容やコスメの話は七割くらい未知のものだ。一歩間違えたら一緒にいて緊張してしまうタイプかもしれないが、「彼氏できたらもうちょっと手ぇ抜いちゃうなー」とぼやく藤本さんの気どらなさが私には心地いい。

「でもさあ、ちょっとうらやましいよ、特務室」

「どうしてですか?」

「だって」

藤本さんはキョロキョロと辺りを見回し、声を潜める。

「知ってるでしょ、今こっちのフロアがピリピリしてるの。例の……D社の件で」

いつものイニシャルトークが始まる。D社といえばデジペイしかない。異動の日、関ヶ原さんが忙しそうにしていたのを思い出す。株式会社デジペイは、お得なポイント還元や支配的とも言える店舗《てんぽ》導入率で一気に電子マネー競争の前線に躍り出たアプリ決済の会社だ。そして我が社にとっての最重要クライアントである。

デジペイの繁栄《はんえい》を象徴するのが、マスコットキャラクター『デジデジくん』だ。デジデジくんは今、完全に私たちの生活に入りこんでいる。可愛くないのだ。でも、どこにでもいる。あらゆるお店のレジに、このカフェのレジにだってDのイニシャルにゲジゲジ眉《まゆ》のくっついたデジデジくんのシールが貼られ、デジデジくんのスタンプは実家のお父さんからも送られてくる。上場も間近と噂《うわさ》されるデジペイを仲介すれば、会社としても間違いなくハクがつく。

「今回ね、本社の移転じゃなくて、分室なんだって」

「えっ、まるごとの移転じゃないんですね」

「その計画もありつつ、取り急ぎはよそに新規事業部を開設するらしいよ。なんか、本社移転よりよっぽど現実味あるよね」

デジペイの本社移転となると千坪《つぼ》クラスの話になる。それは戦争だ。他の仲介業者との案件の取り合い、他の移転企業との物件の取り合い、さらには動くお金が大きいぶんだけ顧客《こきゃく》も慎重になり、社内の意見がまとまらないこともある。大きな移転プロジェクトは、激しい外紛と内紛を掻《か》い潜《くぐ》ってようやく成立するのだ。

しかし、分室なら話が変わってくる。金額としては小さいが、決まるスピードは速い。

今回実績を作れば、いずれはデジペイの本社移転プロジェクトを一任してもらえるかもしれない。

「でも、新規事業部の責任者が忙しくてつかまらないとかで、いろいろ大変なんだって」

総務担当者がひとまずの窓口として関ヶ原さんとやりとりしているが、提案した後に希望条件が変わったり内見が延期になったりと一筋縄《ひとすじなわ》ではいかないようだ。関ヶ原さんはそのたびに光村の手を借りて候補物件の精査に奔走《ほんそう》しているのだと藤本さんが教えてくれる。

「無事に契約になるといいですね」

「今回、Bの奴らにも声がかかってるらしいから、絶対負けてほしくないよね」

藤本さんが綺麗《きれい》に塗った唇を歪めた。Bの奴らとはビズオフィスのことだ。東京パイル社の一件以来、ビズオフィスに対する社内の印象は最悪だった。それくらい鞍替《くらが》えは憎まれる。当時の私にはその感覚がなかったが、なりすましのことを思うと私の眉もぎゅっと寄る。

「咲野ちゃん、どうしたの？」

「あ、なんでもないです」

心配そうに覗《のぞ》き込まれ、急いで顔を元に戻した。本当は打ち明けて相談したい。でもただでさえビズオフィスへの嫌悪の感情が強い藤本さんに、あまり不快な思いをさせたくない。時間になるまでとりとめもない話をして、地下鉄の入り口で解散した。階段を駆け下りていく藤本さんを、すれ違った大学生風の男の子がちらちらと振り返る。「今日はいい人くるといいなあ」と藤本さんはぼやいていた。いい人がくるかは別として、相手はみんな藤本さんをいいと思うだろう。

私はJRに乗って、東京の北側へ帰る。混雑した電車が揺れて、車窓《しやそう》の中に映った自分の顔を見た。幽霊みたいだと言いたいところだけれど、そんなでもない。甘酒効果か、肌はつるっとしているし、どれだけポンコツでも若さは私に生気を与える。ここから若さを奪ったら、何が残るんだろう。少しぞっとする。

電車が揺れて、週刊誌の吊り広告が目に入る。

〈わらじは二足じゃ足りません⁉　新時代の仕事の作法《さほう》〉

勢いのある見出しの下で笑っているのは、ピンク頭のインフルエンサー『アヤまる』だった。〈ダイナクラッシュCTOアヤまる（24）に聞く！〉と見出しが躍る。

CTO？　と二度見した。CTOって最高技術責任者？　スマートフォンを取り出して、アヤまるの名前で検索すると、誰もが知る名門大の理工学部卒の情報が飛び込んでくる。アーティストの誰それ、デザイナーの誰それと親交があり、デザインは独学。

てっきり見た目の派手なインフルエンサーが、ダイナクラッシュとコラボしただけと思い込んでいた。ところが実際には、私と二つしか違わないのに、誰もが知っているゲームを作り、誰もが好感を持つキャラクターを生み出し、さらに自らが広告塔の役割まで果たしている。仕事を終えた人たちの黒い頭の上で広告が揺れる。ピンクの頭がてらてらと車内の照明に反射して、酷使《こくし》した目の奥が痛んだ。

その夜は死んだように眠り、土曜日は昼すぎに起きた。

私はなんとちゃぶ台の脇に横たわって寝ていた。落ち込んでいるときって、自分をいたわることもままならない。ちゃぶ台には度数の低い梅酒と、かじりかけの昆布のおにぎり、半額シールの貼られた白和《しらあ》えがある。畳《たたみ》の上に敷いたもこもこの絨毯《じゅうたん》は私の体のかたちに凹《へこ》んでいた。全部かっこ悪くて、〈やさぐれ〉の型にすらハマれないのを虚《むな》しく感じる。

元気がないと、友達に会う気も起きない。元気に振る舞うだけの余力もないのだ。でも幸いなことに私には、元気も余力もないまま気兼ねなく行ける場所があり、気兼ねなく会える人がいる。しばらく床の上でごろごろして、射してきた西日に焦り、身支度《みじたく》を始めた。履《は》き古したスニーカーに足を突っ込んで出かける。ビュンビュン車が走る高速の下を自転車で駆け抜ける。

大学時代から住んでいる初台《はつだい》はなんとなく灰色っぽい街だ。高速道路の生み出す排気と日陰がそうさせるのかもしれない。細い道を入って、代々木上原《よよぎうえはら》の高級住宅街を漕《こ》いでいく。だんだん視界に色が増える。ベランダや花壇《かだん》の花、常緑の垣根《かきね》に気の早すぎるクリスマスツリー。外国みたいなレンガの外壁に蔦《つた》が這《は》う。私にとって最寄りの別世界だ。

そこを抜けると、目的の駅前商店街がある。自転車を降りて引きながら、賑《にぎ》わう商店街を進む。〈下田《しもだ》精肉店〉でコロッケとメンチカツを二つずつお願いする。

「はいよ」

トングを動かしていた下田のおじさんが私を見て、「あれっ」と声を上げた。

「山本《やまもと》さんのママのとこの？」

「あ、はい」

「雰囲気《ふんいき》変わったからわからんかった！　疲れてるんじゃない？　たくさん食べないと」

そう言って二枚だけ残っていたハムカツも袋に放り込んでくれる。

「ええっいいんですか」

「いいのいいの、ママによろしく！　つっても今夜も飲み行くけど」

がははと笑う下田さんにお礼を言って、商店街の角を曲がり裏通りへ向かう。色あせた袖看板《そでかんばん》が見える。どんなに気分が落ちていても、この瞬間だけはほっとする。『スナックやまもと』は私が大学時代をまるっと捧げたバイト先だ。

今日のように自転車でぶらついていたときに迷い込んだのがきっかけだった。夏で喉《のど》が渇《かわ》いていて、六十円コーラの煽《あお》り文句がついた自販機に吸い寄せられた。

小銭を何度入れても釣り銭口に吐き出され、暑くて頭がぼんやりしてきた。硬貨を変えたりしながら投入を繰り返していると、ビシャッと音がして、急にあたりが涼しくなった。

自販機のそばの店の人が、燃えるようなアスファルトに水をまいたのだ。その人はおたまを突っ込んだ割れたバケツをぶら下げ、私を見ていた。

「それねえ、壊れてんの」

酒焼けしたガラガラ声。バサバサ茶髪をヘアバンドでかき上げた、おじさんかおばさん。性別不明な人でもだいたい声を聞けばどっちかわかる。でも、このときばかりはわからなかった。年齢はたぶん六十歳くらいか。薄っぺらい体にとりあえず被《かぶ》せたようなノースリーブから、筋張った腕が覗いていた。

汗だくで自販機のコーラボタンに指を置いたままでいると、「入りな、熱中症になるよ」とバケツを置いて、私を中へ促した。

その人はカウンター席に私を座らせ、瓶《びん》のコーラをくれた。あとは、小鉢《こばち》にのった黒い塊《かたまり》。豚コーラというこの店の看板料理らしい。豚肉をコーラで煮込んだという怪しげな一品をこわごわ口に運ぶと、すぐに口の中で溶けた。限りなく甘くて限りなくしょっぱい、不健康のぎりぎり手前の味。学食の角煮より癖《くせ》になりそうな味だった。その人がママを名乗ったから、男か女かはさておきとりあえずママだと思うことにした。

数日経っても豚コーラの味が忘れられずにまた覗きにいき、また食べさせてもらい、そんなことを繰り返すうちに手伝うようになって、大学を卒業するまでやまもとでバイトした。

「あっ花ちゃん！」

ガラガラと扉を引くと、ママがカウンターの中で豚コーラの鍋《なべ》をかき混ぜていた。季節感のない半袖から伸びる腕は細いが引き締まっている。ママ曰《いわ》く〈豚コーラ筋〉らしい。

「久しぶりじゃん、死んだかと思ったわよ」

ママが笑うと銀歯が光る。

「さっき生き返った。下田さんの店でハムカツもらったよ」

「おっ、やるじゃん！」

ママははしゃいだようすで私の手から袋を奪い、袋から出したコロッケとハムカツをレンジに放り込む。あっためる間に鍋から黒くなった豚肉をすくい上げて、先に出してくれる。

「これがもうすぐ食べられなくなるなんて信じられないなあ」

私はぼやく。

「クール便で送ってあげるわよ」

「そういうんじゃなくて、ここで食べるからおいしいの」

「やあねえ、どこで食べたって豚コーラはおいしいわよ」

三十年以上作り続けてきたんだから、とママは鼻を鳴らす。スナックやまもとは、来年の春頃には閉店が決まっている。

「そろそろしんどいし畳んじゃおうかなあ」は前からのママの口癖だった。

「昔から老後は海の近くって決めてたからね」と話すママは楽しそうだ。でも、見送る側としてはどうしても寂しい。

「花ちゃんどうなの、仕事」

　レンジで温められた揚げ物をカウンターに置いて、ママが私の隣に腰を下ろす。

「うーん、もう無理かも」

「長い五月病ねえ！　ゴールデンウィーク前までのやる気はどうしたのよ」

　東京パイル社の一件で失速した私を、ママはずっと五月病扱いしてくる。十二月まで続いたらそれはもう五月病ではない気がするけれど、「万年五月病」とママがバサバサの茶髪を揺らして笑う姿を見ていると、少しだけ深刻さが薄れる気がする。

「そういえばさ、ついにいい物件見つけちゃったんだよね。熱海《あたみ》に」

　ママがタブレットを取り出す。老眼のママはタブレットをスマートフォンのように使う。

「もう決めるの？」

「まだ早いけど、引っ越しシーズンに入る前に決めた方がよくない？」

「今決めたら、遅くても来月の半ばくらいには家賃発生しちゃうよ」

「ええっ、来月？　嘘でしょそんなに早いの？」

「申し込んだらすぐ契約で、契約したらすぐ家賃発生するの。住宅は特に、容赦《ようしゃ》ないと思う」

今の初台の物件を借りるときも、すぐ埋まるからと内見した日に申込みを促され、その翌週には家賃が発生した。東京ほどではないにしても、住宅はどこも似たようなものだろう。ちなみにオフィスの場合は、待ってくれることもある。フリーレントという、共益費だけを負担して家賃は免除されるしくみも割と浸透している。

「大家さんなんてどうせお金あるんだから、ちょっとくらい待ってくれてもいいのにねー」

嘆《なげ》きつつもママの視線はタブレットに釘付けで、よっぽど物件が気に入っているみたいだ。たしかに見せてもらったマンションは綺麗《きれい》だった。高台の上とはいえ、熱海駅徒歩五分、築九年、１ＬＤＫで八万強。都心部で同じ物件を借りようとしたら、倍くらいするだろう。

「おとり広告の可能性もあるから、問い合わせてみたら」

「おとり広告って何⁉」

「もう終わってる物件でお客さんを集めて別の物件を提案するんだって。最近は減ってきたらしいけど」

「へえーじゃあ問い合わせちゃった方が早いね」

ママは私の目の前でフォームを入力した。送信完了の画面を満足げに見つめる。

「やっぱりこういうのは、詳しい人に聞くのがいちばんだわ」

だからまだ不動産屋でいてよ、とママは笑う。会社を辞めようと思っていることはママにも言っていない。会社とは全然関係ない場所にいるママが、五月病だと笑ってくれるから続けてこられた部分もあって、ママがいなくなってしまうのはとても寂しい。

週明け、少しだけ復活した（豚コーラ効果？）私は出社してすぐブッカクにとりかかった。最中、ちょっとしたトラブルが起きた。いつものNG回答をもらって電話を切った時、ドーンと特務室の扉に何かがぶつかる音がしたのだ。おそるおそる扉を開くと、里芋《さといも》みたいにころっとしたおじいさんが廊下《ろうか》でうずくまっていた。

「大丈夫ですか⁉」

「ああ、急にふらっときて」

「立てますか」

同じフロアの、囲碁《いご》サロンのお客さんのようだ。私はおじいさんに手を貸して、中に招き入れた。早乙女さんが珍しく俊敏にリクライニングチェアを降り、おじいさんに譲《ゆず》る。おじいさんの意識ははっきりしていたが、動揺《どうよう》からか受け答えが覚束《おぼつか》ない。かろうじて名前だけ聞き出し、私は囲碁サロンに向かった。突き当たりのドアを開けると、受付のおばさんが週刊誌から顔を上げた。

「すみません、ここのお客さんの、川村《かわむら》さん」

「川村さん？　川村さんがどうしたの？」

事情を話すと、おばさんは二穴のバインダー名簿を出して、すぐに川村さんの家に電話をかけてくれた。

「ええ、ええ、具合が悪くなって、同じフロアの、ええと、ネイルパラダイスさんで今お休みになってます。ネイリストさんが、気づいてくださったんですよ」

特務室はいまだ、同じフロアの人にとってネイルサロンのままらしい。その後、血相を変えて川村さんを迎えに来た私の母親世代の娘さんも、「今度、塗ってもらいにきますね」と何度も頭を下げて去っていく。

速乾ネイルすらよれているこの爪をもってしても、今日の私はネイルパラダイスのネイリスト。特務室アシスタントを名乗る隙《すき》はなかったし、特務室アシスタントと名乗られても相手はなんのことかわからないだろう。聞き返されても上手に答える自信はなかった。

私は今、なんの仕事をしているのか。

昼休みは道玄坂の上の中華料理店に向かった。おばさんとおじさん、ときどき息子さんの三人で切り盛りしていて、ワンコインで日替わり定食が食べられる。上り坂五分はけっこう遠く感じるものの、ちょっとした気分転換になるのでときどき足を運んでいる。

あと少しで店に着くというとき、ポケットの中でスマートフォンが震えた。

〈この間見てもらった物件、入居できないかも〉

ママからのメッセージだった。通知画面に表示された文面の最後にはうるうる文字の絵文字が大量に添えられている。歩きながら電話をかけると、『花ちゃんっ聞いてよ！』とすさまじいしゃがれ声でママが叫んだ。ママの声はたぶんデジタル機器との相性が悪く、電話で聞くとものすごい音割れを起こしてしまう。

どうやらママが嘆いているのは、仲介業者《ちゅうかい》からの要求についてだった。

『まず、連帯保証人になってくれる人がいないのよ。それで、その場合は、保証会社っていうものに加入するみたいなんだけど、その申込書に緊急連絡先を提出する必要があって、親族じゃないと駄目なんだって』

ママは、本当に聞いたことをそのまま伝えているという感じの口調で言った。

「親族の人って、誰かいないの」

『やだぁ、いるわけないじゃん』

ママは笑う。

『兄弟もいないし親はもう死んでるし。あとねえ、一人暮らしだと年齢的に厳しいかもって、やんわり言われちゃったよ』

「六十ちょっとで厳しいの？」

『六十ちょっとって何？』

「えっママの年齢ってそれくらいじゃないの？」

驚いて問い返すとママはげらげらと笑い出した。

『ありがとねー花ちゃん、花ちゃんって本当にいい子』

そう言って、ママは初めて自分の年齢を教えてくれた。私は絶句した。年齢で弾くなんて失礼な、と思う一方でたしかにそれは心配になるかも、という世代だった。豚コーラって甘酒と一緒で、アンチエイジング効果があるのかも？　ママがお店の横にあるガレージに突っ込んだままの車を一向に運転する気配がなく、免許返納をぼやいていたのも頷《うなず》ける。

他にも年収のことや、店を畳《たた》んだ場合の収入源なんかを聞かれたらしい。申込みはおろか、内見すらしていないのにひどいと思うが、不動産屋は保守的だ。ママの音割れを引き起こすしゃがれ声に驚いて、予防線を張ったのかもしれない。

『こういう場合って、もう諦めるしかないの？』

ママに聞かれ、私は黙った。そうだね、と言ってしまおうか迷った。物件がなかなかなくて引っ越せないのよーと、嘆きながら、やまもとがいつまでも開いているのを想像した。

『ちょっと、花ちゃん？』

「あ、ごめん。ちょっと考えるね」

電話を切って、頭を振る。ダメだ。せっかく頼ってくれるのに。

何かアドバイスできないか、乏《とぼ》しい知識を呼び起こす。ママは持っている情報を全部出すべきなのかもしれない。これがオフィスの契約なら間違いなくそれを薦《すす》める。たとえば預金残高の載った通帳や、お店やガレージがママの所有物であることを示す何か。

ソーイングのときも、田岡オーナーは最初、難色を示していた。ママとは逆で、ネックになったのは会社の若さだ。吉峰社長は事業計画書に決算書、キャッシュフロー表まで用意し、細かい説明までしてくれた。潤沢に資産があるわけではなかったが、計画通り黒字転換したことや、今後の売上の見込み、その根拠となる事業の利益率など、全てにストーリーがあった。田岡オーナーは最終的に、実績ではなく可能性を信じて、契約へと舵《かじ》を切ってくれた。

住宅だとそうはいかないかもしれない。引っ越しをする人の数は膨大《ぼうだい》だから、踏み込んだ資料より、設定された基準を全て満たせるかに尽きるのかもしれない。極論、いくらお金があっても、年齢や緊急連絡先のせいで審査に通らないこともあるのかも。

もやもやしたまま中華料理屋〈陳明軒《ちんめいけん》〉に入り、ワンコインの日替わり定食を頼んだ。回鍋肉《ホイコーロー》が出てきた。おいしい。おいしいのに、ママの先にいる仲介業者へのもやもやは消えない。いや、わかる。弾くのも仲介の仕事だから仕方ないとも思う。オーナーが大切にしている物件を、変な相手に貸すわけにはいかない。でも、ママは「変な相手」じゃない。毎日豚コーラを煮込んで、毎日同じリズムで店に立ち、商店街のお客さんたちからも大人気だ。そんなの審査には関係ないとしても、三日坊主《みっかぼうず》で店を閉める人間より、何十年も店を守る人間の方がよくないか。あのお店だってママの資産だし、引っ越したら売り払うか貸し出すつもりなんだから、それなりのお金は入ってくるはず。年齢についても、独居老人に対する共通の懸念《けねん》ということなのだろうが、明日何があるかなんて、年齢に限らずわからない。私だって、昆布おにぎりを喉《のど》に詰まらせて非業の死を遂《と》げるかもしれないのに。

回鍋肉を平らげて特務室に戻った。昼休みが終わっても早乙女さんは戻ってこなかった。リクライニングチェアの上に、読みかけの雑誌が転がっている。先日電車の吊り広告で見た雑誌で、まさにアヤまるのページが開きっぱなしになっていた。

カラーグラビアでは天井の高いおしゃれなカフェで、ノートパソコンを開くアヤまるの足元にふわふわの小型犬がじゃれついている。

〈やりたいこと全てに挑戦したい。一秒一秒がとても大事です〉

電車で見たときと同じくらい目が痛い。一秒一秒を大事にするアヤまるが億単位の年商を上げる一方、私は売上ゼロのまま半年を過ごし、誰かになりすまされ、今はネイルサロンみたいな部屋でペットはダメですと断られ続けている。本当にダメなんだろうか。これだけ聞いて、全部ダメなんてことある？

私の中で何かが弾けた。雑誌を放ってブッカクを再開する。

『ペット？　ダメですよ』

「やはり、毛がダメなんでしょうか」

冷たくあしらう相手に、追加で聞いた。条件反射のようなダメを、もう聞きたくなかった。

『いや、毛っていうかですね』

電話の相手は狼狽《ろうばい》したように、続けた。

『他のテナントを噛《か》んで怪我《けが》させるかもしれないですし、虫がわくこともあるかもしれません。犬か猫かにもよりますが、鳴き声やにおいの問題が出てくる可能性もあります』

熱が引いていく。短い怒りだった。その通りだと思いながら、最後に一つだけ食い下がる。

「ゲージとかに入れても、ダメでしょうか」

『ゲージの強度とか言い出したらキリがないのでダメですね』

「わかりました、ありがとうございます」

電話を切る。また次の物件に電話をかける。またダメだと言われ、理由を聞いた。全部の物件に対して食い下がることにした。ソーイングに「ないです」の報告をするにしても、この方がいい気がする。どうしてダメなのかも、リストに書き込んでいく。ペットなんて言語道断《ごんごどうだん》という過激派もいれば、さっきの人のように、音やにおいの問題を挙げる合理派もいた。

こっちが深く聞くと、向こうからも質問が飛んでくる。

『犬種はなんですか？』

「ポメラニアンです。飼育は一匹のみを予定しています」

　攻め方を変えたからなのか、それとも偶然か。

『連れてくるのはいいですよ。ただ、無人のときに犬だけ置いて帰るのはやめてください。細かなルールを決めた上で契約書に盛り込むか覚書《おぼえがき》を交わす感じになると思いますけどね』

　初めてペットOKの物件が現れた。ファーストナンバーナインビル。一番なのか九番なのかわからない名前だけれど、厳密に言うと飼育ではなく同伴だけれど、少なくとも初めて、ダメだと言わないでくれたビル。

「ありがとうございます」電話を切って、リストに大きく◯と書き込んだ。どくどく胸が跳ねていた。ないことを報告するための作業なのに、見つけてしまった。でも半蔵門《はんぞうもん》の五十坪《つぼ》だから全然条件に合わない。達成感と虚無感が同時に押し寄せる。

「おお、すごいじゃん」

　外から戻ってきた早乙女さんに報告すると、目を丸くしてどの物件か聞いてきた。どうでもよさそうな反応をされなかったことに私はほっとした。

「じゃー見つかったお祝いにこれ」

　と言って、早乙女さんはぶら下げていたコンビニの袋からロールケーキを取り出した。不自然なほど真っ白い生クリームが中心に詰まっている。

「いいんですか。せっかく買ってきたのに」

「いいよ。それ、抽選で当たったやつだから」

「抽選？」

「けっこう当たるよ」

早乙女さんがスマートフォンを取り出し、SNSの画面を見せてくる。コンビニのアカウントをフォローして反応すれば、誰でも抽選に応募できるらしい。

「咲野さんもアカウント作ってみれば？」

私は即座に首を振る。今回のなりすましで、SNSとは一生距離を置こうと決めた。

「でも便利だよ。こういうのとか見れるし」

「えっ！」

思わず声を上げた。〈ソーイングネットワークジャパンCEO吉峰〉白いシャツを着て腕を組む吉峰社長が、丸いアイコンの中で微笑《ほほえ》んでいた。

「これでしょ？　例の犬」

早乙女さんがスクロールすると、マロンの写真が現れた。泣き出しそうに見えるほど大きな瞳にふわふわの毛。疲れたのか眠いのか、床の上にぺしゃんこになって舌を出している。その上に、短い文が添えられていた。

〈事業をやっているといろんなことがある。もちろん、あまり喜べないようなことも。で

も、予測不可能だから面白い。さて、またゼロから頑張りますか〉

　投稿日は先月の終わりだった。まさに契約が壊れた日のものだろう。予測不可能な展開に驚いたのは吉峰社長だけじゃない。田岡オーナーも私たちも大変だったし、今だって大変だ。だけど、マロンのつぶらな瞳は、いともあっけなく私の罪悪感を引きずり出す。

「うわあ、ふわっふわだなあこの犬。こりゃ相当可愛《かわい》がられてんなあ」

　目が乾くほど画面を凝視する私の横で早乙女さんが呑気《のんき》に声を漏《も》らす。抉《えぐ》られる。たとえば私が関ヶ原さんだったなら、私がもっとベテランの営業だったなら、吉峰社長はマロンを新しいオフィスへ連れていけたのか。

　どうなるんだろう、ソーイングさんの移転。急に現実の壁にぶつかった。私がどれだけブッカクを頑張って、関ヶ原さんがどれだけ正確な報告をできたところで、候補物件が見つかるわけじゃない。やっと見つけたのが半蔵門の五十坪だという事実が、私の首を締めつける。田岡ビルを越える物件は出てこないと確信する。でも、吉峰社長がそれに気づく頃には田岡ビルはもう埋まっているかもしれない。

「どうすればいいんでしょう、ソーイングさん……」

「田岡ビルがぽしゃったとなるともうダメかなあ」

　こぼした弱音に、早乙女さんの容赦《ようしゃ》ない返事が返ってくる。悔《くや》しいが、その通りだった。ブッカクして改めて理解した。田岡ビルがぽしゃったとなると本当にもうダメなのだ。

とぼとぼとソファに戻り、ロールケーキを食べた。スポンジもクリームも軽いのに、飲み込むと重たく沈んで胃を圧迫した。

その日の夜、私は人形町にいた。外灯に照らされてぼうっと光る田岡ビルを見上げる。夜のオフィス街は寒い。狭小ビルがぎゅっと詰まった細い路地だとなおさらだ。応接室の隣の窓から、光が漏れている。三階は田岡オーナーの住居も兼ねていて、奥さんと二人で暮らしていると言っていた。

一階の区画はシャッターが下りていて、中のようすは見えない。あれから引き合いはあっただろうか。クリーニングまでしてくれたのに、キャンセルになって田岡オーナーの懐《ふところ》は痛まなかったか。

自分がなんのためにここに来たのかわからなかった。

ただ、会社を出て駅に向かう途中、ポメラニアンを連れた女の人とすれ違った。かつかつと小さな足音を響かせるポメラニアンは、途中で人混みから守るように抱き上げられた。

相当可愛がられてるなこりゃ。

桃色の舌を出して、女の人の細い腕に庇護《ひご》される姿を見ていたら、早乙女さんの言葉と、床でぺしゃんこになったマロンの瞳が頭をよぎった。胸が痛かった。これからポメラニアンを見るたびにこんな気持ちになるのかな。そう思ったらいてもたってもいられなくて、衝《つ》き動かされるように田岡ビルに向かっていた。

きっと私はこのビルに、この契約に未練があるんだ。契約したかった。苦労して見つけたからでもなく、売上がほしかったからでもなく、ここがベストだからだ。分厚いブッカクリストを消化すればするほど、その確信は深まっていった。

蓄積された寒さに体を震わせる。そのとき角の方から声が聞こえて、近づいてくる二つの人影を外灯が照らした。とっさにビル向かいの駐車場へ駆け込み、発券機の陰に隠れた。やってきたのは吉峰社長だった。一緒にいるのは総務の白石《しらいし》さんだ。吉峰社長の右腕的な存在で、書類の受け渡しのときに何度か顔を合わせた。二人は田岡ビルの前で足を止めた。

「いやー惜しいなあ」

白石さんの声が静かなオフィス街に響き渡る。

「やっぱり、どう考えてもここしかなかったんじゃないすか?」

私は息を潜めたまま動向を見守る。

「業務もあるのに、またゼロから物件探すのなかなか骨が折れますよ」

「仕方ないだろ。そうするしかないんだから」

「でも、今のオフィス狭いし、管理会社からまた搬入の件で書面きましたよ。あんまり時間ないと思うし、このままだと追い出されて居場所なしっていう最悪パターンもありえますよ」

二人の姿は見えないが、田岡ビルを推す白石さんが怒られないか心配になった。

「……まあ、そうだよなあ」

吉峰社長が唸《うな》るように同意する。応接室でオーナーとやり合っていたのが嘘みたいにしおらしい。どうしたんだろうと耳をすませば、吉峰社長はため息混じりに続けた。

「でもさあ、契約直前キャンセルで、向こうもこっちもキレて終わったのに今更入れてください、って許されなくないか？」

「いやっ、そこは仲介《ちゆうかい》さんになんとかしてもらいましょうよ、よく書類取りにきてくれた、あの花村さんとかいう女の子」

「咲野さんね。担当外れちゃったんだよね。頑張ってくれたのに悪いことしたなあ」

鼻から吸った外気が冷たくて、目頭《めがしら》の方まで染みた。私はもう、自分が頑張っていたかどうかもわからない。結果が出ないと、わかりようがない。でも吉峰社長の目には頑張っていたように見えたんだろうか。

「にしても、そんなダメなもんかね。マロンは大人しいし、ほとんど鳴かないのに」

「そうですね、ペットがダメだとしても、ひとまとめで見ないでほしいですよねえ」

「個体差ってもんがあるよなあ。毛も全《まつた》く抜けないから、大丈夫だと思ってたよ」

少しずつ不満の滲《にじ》んでいく二人の声を聞きながら、私の体は発券機より前に出た。「あの」と声も出た。二人が振り返り、「咲野さん⁉」と吉峰社長が声を上げる。

「マロンの毛は、抜けますよね」

かぶせるように私は言った。

「え？」

「お二人の言う通り、田岡ビルは本当に、ご希望に沿える唯一の物件だったんです」

私は吉峰社長を睨《にら》んだ。強面《こわもて》だけれど、親しみやすくていい人だった。でも今のはさすがにおかしい。契約の場のみならず、社員である白石さんにも、毛が抜けないと押し通すのか。

「ソーイング様にまだご入居の意志があるなら、私としてはお手伝いしたいです」

関ヶ原さんに引き継いで私の案件ではなくなったのに、口が勝手に言葉を紡《つむ》ぐ。

「ですが、マロンのことはちゃんと正直に話していただかないと困ります」

「正直に……？　咲野さん、待って」

吉峰社長が、どうどうと私を落ち着かせるように手をかざす。

「マロンのことは、後出しみたいなかたちになって悪かったとは思ってます。でも、あんなに難色を示されるなんて」

吉峰社長の話し方は丁寧《ていねい》で、目はしっかり私を見据えていた。とても嘘をついているようには見えなくて、それが私をいっそう混乱させる。だって、たしかに見た。吉峰社長の上着にくっついていた毛も、画面を突き破りそうなマロンの写真も。

「ペ、ペットは」

　私は声を震わせた。

「ペットは、さまざまな理由から、オフィスでの飼育を禁じられているんです。オーナーだってやみくもに拒否してるわけではありません。毛だけじゃなくて、鳴き声やにおいの問題もあります。ほ、他のテナントに嚙《か》みついて怪我《けが》でもさせたら契約違反になりますし、最悪の場合は契約解除となる場合もあります」

　ここ数日のブッカクで得た知識を総動員する。ネットで調べた情報も引っ張り出す。

「それに、マロンは活発な犬種ですよね。吠える子も多いし、運動量も多い」

「待って、なんて？」

「ポメラニアンは活発な、よく吠える子が多いんですよね？」

「ポッ」

　吉峰社長は声を詰まらせた。そしてゆっくりと問い返す。

「ポメラニアン？」

　私が頷《うなず》くと、吉峰社長は停止した。ゆっくりと持ち上げた手のひらで眉間《みけん》を揉《も》んでから、

「咲野さん」

　と私を見つめて慎重に言葉を吐き出した。

「あの、どこかで勘違いがあったようだけど——マロンは、ポメラニアンではありません」

駅の近くの半地下喫茶店は間もなく閉店のようで、他のお客さんはいなかった。

私はうなだれ、ニスの剝《は》がれたテーブルの木目と見つめ合う。

「本当にすみません」

何度目かわからない謝罪をすると、斜め向かいに座った白石さんが笑いを堪えるように肩を震わせる。

両側のこめかみを押さえて肘をテーブルに預けた吉峰社長と、私の視線の延長線上に一枚のメモがあった。そこには、ソーイングのマスコットキャラクターが描かれている。まんまるの目に尖った鼻。勢いのある集中線から矢印が引かれ、

×毛　◯針
とあった。言葉での説明の後、わざわざ図解してくれた。

「たしかに、この絵だとポメに見えますね」

白石さんがわなわなと震えながら言う。

「社長の雑すぎる絵が元凶じゃないですか」

「この絵いいっすねって最初にホームページに載せたのお前だろ」

「でも、言われてみれば本当にポメですよこれ」

ついに耐えかねたように白石さんは噴き出した。

そのやりとりを聞きながら、私はメモに描かれたキャラクターをじっと見つめていた。

ふわふわに見えるのは、毛ではなくて複数の針。針がいが栗のようだから名前はマロン。

まんまる目に鼻のとんがった生物は、ハリネズミとして描かれていた。

「飼う前から先走って命名してたのが、仇《あだ》になりましたよね」

吉峰社長は肩を落とした。たしかに、『犬』とか『ハリネズミ』とか動物名でやりとりしていればこんな混乱は生まれなかった。

「移転先で飼うつもりで、飼い方や生態を調べたり、飼育用のグッズを買ったりいろいろ準備をしてたんです」吉峰社長は言った。

事業の象徴ともいえる『針』に覆《おお》われたハリネズミに吉峰社長は運命的なものを感じ、新オフィスに移転したらぜひ飼いたいと願っていたらしい。

「外部のSNS運用担当からも、マロンのアカウントを作ろう、みたいな打診《だしん》を受けて盛り上がってたんですよ」

白石さんが補足する。今のオフィスは狭く、ゲージを置くことがかなわなかった。ハリネズミは布を食べる習性があるので、エリアをしっかりわけないと商品管理に悪影響が出る。

「田岡ビルならそれがかなう。けっこう綿密に、レイアウトとかも組んでたんです。準備ばっかりに気を取られて、手乗りサイズの齧歯《げっし》類《るい》がNGって考えに及ばなかった」

吉峰社長は苦笑した。

「すみません、私の方こそちゃんと確認もせずに」

「咲野さんのせいじゃないんで」

「まあ、ハリネズミでもダメだったかもしれないですからね」

あの場にいなかった白石さんが、気まずい空気を散らすように言った。一理ある。田岡オーナーはペットの時点で過剰《かじょう》に反応した。一変した態度に吉峰社長も動揺《どうよう》し、一気に険悪なムードになった。飼う対象がなんであろうと許されないかもしれない。

「でも、やっぱりどう考えても、田岡ビル以外の物件はない。田岡ビル以上もありません」

吉峰社長は真剣な眼差《まなざ》しを私に向けた。

「田岡オーナーに、もう一度アポを取ってもらえませんか」

「マロンは、どうしましょう」

私は問い返した。本当は連れていけるように手伝いたい。クライアントの希望の、全てを叶えられたらいい。でも壊れた案件を復活させるのは薄氷の上を歩くようなものだから、荷物は極力軽い方がいい。二度と這《は》い上がれなくなる前に、私はここで仲介《ちゅうかい》としてブレーキをかけないといけない。

「マロンのことは諦めます」

吉峰社長はきっぱりと言い切った。迷いのない目をしていた。

「むしろ、最初から無謀《むぼう》で、僕たちの考えが浅かった。これは卑屈になっているわけじゃなく、マロンは——ハリネズミはオフィスで飼うべきじゃなかった。この数日で、それがよくわかったんです」

「この数日で、ですか」

「はい」深く頷いて、吉峰社長は打ち明けてくれた。キャンセル直後は何がなんでもマロンを連れていける物件を探すつもりだった。田岡オーナーの強硬な態度を思い出しては屈してたまるかと歯軋《はぎし》りしていた。そんな中、ポメラニアンの小鞠《こまり》が脚を怪我する。動物病院で馴染《なじ》みの獣医と顔を合わせた吉峰社長は、近況をたずねられ、田岡ビルの件を愚痴《ぐち》った。すると、獣医は言った。

「ハリネズミはとても繊細《せんさい》です。オフィスで飼うのはおすすめできません」

夜行性だから昼間は静かな場所で寝かせる必要がある。寒すぎると冬眠してしまうし、暑すぎると夏眠してしまう。多湿だと肌をダニに食われて病気になってしまう。吉峰社長もそれらの心得はあったが、温度湿度のこまめな管理と、ゲージの設置場所次第では問題ないというペットショップでの助言を真に受けていた。

「今振り返ると、都合のいい情報を信じようとしていたのかもしれません。でも先生からは、寿命《じゅみょう》が縮まるから絶対にやめた方がいいって言われたんです。そこまではっきり言われたら、リスクを抱えてまで飼いたいとは思えなくなりました。こっちの都合で、田岡オーナーと咲野さんを振り回して本当にすみません」

吉峰社長はそう言って頭を下げ、ゆっくり顔を上げると改めて口にした。

「今はもう田岡ビルを契約することだけ考えたいです。お願いします」

蛇行《だこう》していた二本の道が一つにまとまっていくようだった。合流地点で、私は吉峰社長と会えた。これでやっと、私たちは足並みを揃えて歩いていける。

「やってみます」と私は答えた。関ヶ原さんに引き継いだことは、いったん頭の脇に追いやった。「申し伝えます」とかじゃなくて「やってみます」とこの場で伝えたかったから。

「咲野さんが異動したって関ヶ原さんから連絡もらって、残念だったんですよ」

店を出ると、吉峰社長は言った。ずいぶん前から吉峰社長はいろんな仲介業者に声をかけ、物件を探していた。選挙事務所として使われている田岡ビルがずっと気になっていたとはいえ、どの会社も情報を持っておらず諦めかけていた。

「そしたらこれまででいちばん若くて、頼りなさそうに見えた咲野さんが『どうしても見てほしい物件があります』って連絡をくれたから、本当に驚いて」

思い込みはよくないね、と吉峰社長は笑う。二人と別れて、電車に乗った。仕事帰りの社会人のにおいが濃厚に混ざり合う車内で、自分の心臓の音だけ聞いていた。よろめいた乗客に押されて、ドアに体がくっつく。窓に顔が映った。幽霊みたいじゃない。これは疲《ひ》弊《へい》した、でもまだ諦めていない私の顔だ。

スマートフォンを取り出し、ママにメッセージを送る。

〈物件、一緒に作戦立てよう〉

すぐに既読がついて、〈お願い〉のスタンプが送られてくる。できること全部やってやろうと、小さく鼻を鳴らす。

乗換え駅に電車が停まった。ホームに降りたとき、ふいに無の沼から抜けた気がした。両足が軽くなる。地面をしっかり踏み締め、私は人混みを掻《か》き分けて進んだ。


朝日の射す道玄坂を上りながら、考えていた。田岡ビルの前で偶然お会いして、そもそもポメラニアンというのは私の勘違いで……。

これは田岡ビル再チャレンジのための文言だ。勝手に決めてしまったが、まずは直属の上司である早乙女さんの了承を得る必要があった。

特務室に到着すると、早乙女さんが先に来ていた。いつも割とぎりぎりなのに珍しい。

「おはようございます、早いですね」

「……」

早乙女さんは聞こえていないのか、あぐらの姿勢で食い入るようにノートパソコンの画面を覗《のぞ》いていた。その中でピンクの頭が揺れる。またアヤまるだ。先に田岡ビルのことだけは伝えたくて、私はリクライニングチェアに近づいていく。

「早乙女さん、ちょっと急ぎで確認したいことが」

「んーちょっと待って」

言い切らないうちに遮《さえぎ》られる。早乙女さんの目は画面に張りついたままだ。気持ちはわかる。私も推しの配信が始まったら全てを投げ出して集中したい。でも今は、こっちが優先だ。

「さ」

「だから待って」

「や、でも」

「……」

無視を決め込まれる。ふわふわの髪がベールのようになって、私を拒否しているかのようだ。田岡オーナーと揉めたときの吉峰社長の気持ちがわかった。意図しないタイミングで強く拒絶されると、こんなに嫌な気持ちになるものなんだ。もう一度行くか、出直すか。早乙女さんをじりじり睨《にら》んでいると、急に早乙女さんがリクライニングチェアから滑り降り、特務室を飛び出していった。両耳のイヤホンがからんと転がり落ちる。

『以上、重大発表でした！』とアヤまるの声が響く。グッズの発売でも発表されたのか？

私は高速でX案件のメールを返し、それも終わってしまうとブッカクを始めた。吉峰社長と話した今、もうこのリストに意味なんてなくても、何かしていないといらいらでお菓子の山を食い荒らしてしまいそうだった。

「ペットはご相談できますか！」

『ああ、はい。大丈夫ですよ』

「えっ……」

　困惑で声が漏《も》れた。求めていないときに限って、こういうことがある。実は聞き方を変えてみてから、ちらほら『相談可能』な物件が出始めていた。深く質問されると、断る方が面倒なのかもしれない。もうこれで五件目だ。電話を切り、◯とリストに書き込んだ。どんどんリストを消化していく。

「終わった……」

　そして私はようやく、全てのブッカクを終えた。書き込みすぎてパリパリになったリストをクリップでまとめた。波打つ紙が重なるとパイ生地みたいだ。でも食べられない。食べられないし、なんの役にも立たずにシュレッダー行きだ。それでも、ゼロのはずのものがゼロじゃないとわかったのはよかった。そういうことがあるとわかってよかった。少しの工夫《くふう》で結果は変わるのだ。

　早乙女さんが戻ってこないので、私はノートパソコンの検索画面に、ソーイングネットワークジャパン吉峰、と打ち込んだ。ＳＮＳのアカウントがヒットする。リンク先に飛んで、投稿を遡《さかのぼ》っていく。

〈今日はすごくいいことがあった。期待していなかっただけに喜びもひとしお〉

このつぶやきの日付は先月頭、メールと照らし合わせると私が田岡ビルを紹介した日の投稿だ。便利、と早乙女さんは言ったが、良し悪《あ》しだなあと思う。真偽のわからない情報と加工された本音が散らばったSNSには、知りたいことと知りたくないこと両方が転がっている。

社員との集合写真や作業場のようす、ポメラニアンの小鞠。その中の一つの投稿に視線を吸い寄せられたとき、扉が開いて早乙女さんが飛び込んできた。その後ろには、関ヶ原さんもいる。二人して肩で息をして、なぜか私を見ている。

「咲野さん、リストってある？」

早乙女さんが言った。

「リスト、ですか」

「あっこれだ」

私が答えるより早く、早乙女さんはぱりぱりのリストを手に取り、後ろにいる関ヶ原さんに見せる。関ヶ原さんは何枚かをめくり、早乙女さんの目を見て力強く頷《うなず》くと、二人はまたバタバタと特務室を出ていく。「ちょっと借りるね」と早乙女さんが振り返って叫ぶ。なんなの。私もソファから立ち上がった。特務室を出て、二人を乗せて行ったばかりのエレベーターをしばらく待って、待ちきれなくて階段を駆け下りた。

久しぶりの二階は、懐かしい活気に包まれていた。みんな大きな声で電話をかけたり、難しい顔で打ち合わせたりしている。関ヶ原さんと早乙女さんの姿はなかった。集中室の中だろう。パーテーションの端っこから、早乙女さんの遊牧民族のパジャマみたいなズボンの裾《すそ》がはみ出している。

「咲野！　ちょうどいいところに来た！」

私をめざとく見つけたのは光村だった。

「ちょっと手ぇ貸して、今困ってんだよ！」

フリーアドレスデスクの真ん中から、手をぶんぶん振って私を手招きする。光村は私を下に見ているから、手を借りることに躊躇《ちゅうちょ》がない。渋々隣に座ると、光村がため息をついた。

「デジペイさんの件で、朝からもうてんやわんやだよ」

「デジペイさん、どうかしたの」

「分室案件、いい感じだったんだよ。でも新規事業部の責任者が……クッソわがままで……、条件変わってまた振り出し」

光村は口汚い言葉だけ、周りに聞こえないようボリュームを落とす。曰《いわ》く、今朝デジペイから関ヶ原さんあてに電話があり、抜本的な条件変更を命じられたらしい。競合他社を掻い潜り、候補物件の内見を設定した矢先のことだった。ずっとつかまらなかった新規事業部の責任者も、その日ばかりは参加するらしい。

「それは大変そう」

「だからこれ半分頼むわ。特務室ってどうせ暇だろ？」

半分、と言いながらも雑に分けられたリストは膨大《ぼうだい》な量だった。光村の分と合わせると単行本くらいの厚みになる。

「こんなに多いの確認しきれないよ、もっと絞《しぼ》って」

「しょうがねえじゃん！　洗いざらい調べて一件あるかどうかって感じなんだから！」

光村は苛《いら》立《だ》ったように短く刈った頭をがしがしと引っ掻いて、ぽつりとつぶやく。

「なんでデジペイまでペットとか言い出すんだよ……」

「え……？」

「咲野のソーイングの呪い？　だったらなおさら、手伝ってもらわねえと」

勝手なことを言って、光村は電話をかけ始める。相手からすげなくされる光村の声を聞きながら、私は渡されたリストをめくった。同じだった。私がここ数日ブッカクし続けたリストと、ほぼ同じだ。

「光村！」

集中室から出てきた関ヶ原さんの声がフロアに響き渡る。

「はいっ」

電話を終えた光村が、別人のようにきびきびと呼応する。関ヶ原さんは私と光村の後ろに回り込むと、バサッと光村の前に数枚のリストを放った。

「この五棟」

関ヶ原さんは言った。

「この五棟、明日の午後で内見設定して。もし駄目だったら、明後日の午前。タクシー使うから、まとめて回れるようになんとかねじ込んで」

「え、でも、ペットがイケるかのブッカクって」

光村が聞き返す。

「もう終わらせてくれてる」

そう言って、関ヶ原さんは私の椅子《いす》の背を叩く。光村が戸惑いながら手に取ったリスト。それはぱりぱりのパイみたいで、赤字の書き込みがたくさんあった。私の字だった。これは私のリストだ。分厚いリストの一部を抜き取り、ペットＯＫの物件だけ、まとめられている。

「咲野、サンキュな。咲野がブッカクしてくれたって、早乙女さんから聞いたよ」

関ヶ原さんが労《ねぎら》うように言う。私はよくわからない。なぜか感謝されていること、あとはシュレッダー行き待ったなしだったはずのリストが、パイ以上の価値を持ち始めていることしかわからない。

「お世話になります！　ワークスペースコンサルティングの光村です！」

光村が声を張り上げる。

「ファーストナンバーナインビルの内見依頼で、ご連絡しました。企業名は株式会社デジペイ様です。はい、あの大手アプリ決済の会社の分室です」

リストの下から引っ張り出したファイルを見つめながら、光村が続ける。

「従業員数は連結含めますと現在三百人以上。評点は六十五点です」

聞き覚えがあるどころじゃなかった。連日繰り返していた、フカシの内容と同じだ。早乙女さんが集中室から出てくる。ぽきぽきと首を鳴らすように左右に頭を倒し、軽く伸びをしている。やる気がないようにも見えたし、一仕事終えたようにも見えた。

「また早乙女さんに借りができたな」

関ヶ原さんが私の頭上でつぶやく。嬉しいのと悔《くや》しいのが入り交じったような声だった。


「やーおつかれおつかれ、関ヶ原さんも喜んでるね」

特務室に戻ると、早乙女さんはふわっとした言葉で私を労い、かと思えばいつも通りリクライニングチェアに横たわり、甘酒を飲み始めた。

「さっきのあれって、どういうことなんですか」

たずねる私の声はどこか覚束ない。顔が熱かった。まだ混乱している。田岡ビルのことを聞く前に、まずは今の状況を理解しないと先に進めそうにない。

「あれ？　見たままだよ」

早乙女さんがぱちりと目を開ける。

「デジペイの要件が急に変わったけど、咲野さんの日々のブッカクのおかげですぐに対応できた」

「それは、なんとなくわかるんですけど、でも私のあのブッカクって、ソーイングさんのためのブッカクでしたよね？」

「うん。厳密には、兼ねてたけどね」

「兼ねて……って、ソーイングさんとデジペイさんをですか？」

早乙女さんはこくりと頷く。

わかるようでわからない。だってブッカクを始めた時点で、デジペイの希望条件にペットは含まれていなかったはずだ。だから関ヶ原さんは慌てたし、光村も大量のブッカクに圧迫されかけていた。いや、でも——たしか関ヶ原さんがソーイングのブッカクを依頼しにきたとき、早乙女さんは私を見て、こう言わなかったか。『ちょっといいこと思いついたんで、咲野さんに手伝ってもらいながらやります』

「……デジペイのペットの可能性に、いつから気づいてたんですか？」

「うーん。気づいたっていうか、咲野さんが来た頃には『ありえるかもな』って思ってた」

「そんなに早くから⁉」

思わず叫んだ私に、早乙女さんは動じることなく、

「この人の動きがずーっと怪しかったんだよね。これ、今朝のアーカイブ」

と言って膝にのせたノートパソコンを私の方に向けた。〈速報！〉とテロップが流れ、画面の中央にピンクの頭が現れる。

『こんにちはー！　今日は朝早くから見てくれてありがとうね！』

黄色い声で両手を振ったあと、アヤまるは軽く咳払《せきばら》いをし、急に真面目《まじめ》な顔つきで言った。

『このたび、私アヤまること丸瀬《まるせ》あやは、お世話になったダイナクラッシュCTOを退任することになりました。新しいことに挑戦するためにこの決断をしましたが、ダイナの成長を見守りたい気持ちに変わりはありません。引き続き社外からダイナの開発ならびにデザインには関わらせていただきます』

さっきと声のトーンが全然違う。成り上がったインフルエンサーではなく実績を積み上げた実業家による配信なのだと、瞬時にわからせる表情だった。アヤまるは続けた。

『そして新天地は、アプリ決済のデジペイさんです』

「えっ⁉」

『デジペイをさらに進化させたい。進化したらそれをユーザーの皆様に還元したい。それが私の、新たな目標です』

「早乙女さん、もしかして、し、新規事業の責任者って」

「アヤまるがデジペイに行く気配はけっこう前からあったんだ」

驚きのあまりしどろもどろになる私に、早乙女さんは言った。

「前にアヤまるがリメイクしたデジデジくんのぬいぐるみが、SNS上で話題になった。ええと、これかな」

早乙女さんが別の動画を再生する。重大発表よりも砕《くだ》けたムードのアヤまるが、デジデジくんのぬいぐるみを顔の横に掲《かか》げて喋《しゃべ》る。

『デジデジくんってどこにでもいるじゃん。あんなに人目に晒《さら》されてるのに、ゲジ眉《まゆ》であんまり可愛《かわい》くなくて、かわいそうだよね。だから変えちゃおうと思って、リメイクしました！』

たしかにアヤまるが手にしているデジデジくんは、私の知るデジデジくんとは様子が違っていた。どこを変えたのか、アヤまるが指差しながら説明する。

『まず眉毛ね。最初は細くしようとしたんだけど、それだとデジデジくんがアイデンティティー失っちゃうから、眉マスカラでピンクにしました。で、太眉でいくならフリーダ・カーロみたいに目力があった方がいいと思って、睫《まつ》毛《げ》も植えてあげた』

　半分くらい何を言っているかわからなかったけれど、眉の色が変わり、細く切ったフェルトを目の周りに足されたデジデジくんは、原形をとどめながらも、「可愛くない」から「可愛い」へ着実な変化を遂《と》げていた。

「このときからアヤまるとデジペイ経営陣との交流が始まった。交流が深まっていってるのはSNS追ってれば一目瞭然だったし、ここのところのインタビューでアヤまるはしきりに、新しい挑戦をしたいとか、日常の利便性を高めるサービスを作りたいとか言ってた」

　他にも兆候はあったらしい。ダイナクラッシュの執行役員が取締役に昇格したり、デザイナー採用やハイクラス採用を強化したり、パズルのように人が動き始めていた。

　激しく点滅するダイナクラッシュ、リクライニングチェアに投げ出されたビジネス雑誌、イヤホンから漏《も》れる黄色い声。全部が少しずつ繋《つな》がっていく。あれは全部、デジペイ契約のための下調べだったんだろうか。

「……でも、ペットの希望が出てくるって、どうしてわかったんですか?」

「ダイナクラッシュのオフィスが、どこにあるか知ってる?」

「いえ」

「ユアスペース。その前はSOHO」

「ユアスペースにSOHO……」

　私は物置と化したリクライニングチェアに駆け寄り、お菓子の山に埋もれた雑誌を拾い上げる。アヤまるのグラビアページがほとんど自動的に開く。

〈やりたいこと全てに挑戦したい。一秒一秒がとても大事です〉

天井の高いおしゃれなカフェでノートパソコンを開くアヤまるの足元に、ふわふわの小型犬がじゃれついている。よく見るとこのカフェにはレジがない。店員さんもいない。目を凝《こ》らせば、セルフサービスのコーヒーサーバーが写り込んでいる。そうか。この写真……。

「これって、ユアスペースの、共用部ですか」

「あたり！」早乙女さんが楽しげに指を鳴らす。

「動画も上がってたよ。ダイナクラッシュが急拡大して、ＳＯＨＯから移転するときのオフィス探しドキュメント。ユアスペースの回し者かってくらいユアスペースアゲでさ、ペット同伴ＯＫだって聞いて、アヤまるも大興奮」

そう言いながら早乙女さんはノートパソコンをいじり、「これは移転後しばらく経ってからのやつ」と再生ボタンを押す。大きなメガネ、片手にエナジードリンク。珍しく疲弊《ひへい》したようすのアヤまるが、カフェスペースで犬を撫《な》でている。

『もう本当、この子がいるから乗り越えられる。行き詰まっても、一緒にいるとアイデア降りてきたりするし、アヤまる専用の相談役って感じ』

いつもありがとうね、とつぶやくかすれた声は、アヤまるからこの犬を奪ったらどうなってしまうんだろうと心配になるほど切実だった。社会人として、ＣＴＯとして正しいのかはわからない。でも、これだけ強い光を放つ女の子も、自分の身ひとつで発光することはできないんだと、正直ほっとした。

「彼女がデジペイに参画するなら、ソーイングさんと同じトラブルが起きるかもって思った。トラブルまでいかなくても、そういう話が出たときにパッと情報を出せる仲介《ちゅうかい》の方がいい」

そして早乙女さんは私にあのめちゃくちゃなリストを渡した。ソーイングのブッカクにかこつけて。

「でも……実際には、デジペイさんのブッカクだったってことですよね」

少しだけ不満を込めて言うと、「いやいや」と早乙女さんは首を振る。

「これは紛《まぎ》れもなく、ソーイングさんのブッカクでもあるよ。あれだけの分厚いリストを調べて、たった五棟しかペットＯＫの物件はなかった。賃料もサイズもエリアも、ソーイングさんの希望に沿うものは一つもない」

「はい」

「じゃあ、どうする？」

答えを促すようにと早乙女さんが私に手のひらを向ける。

「そんなの決まってます」

早乙女さんに煽《あお》られ、語気が強くなった。だって、そんなのもう決まってる。昨日の覚悟が、いっそう強いものへと変わる。

「田岡ビルです」

私は言った。

「田岡ビルをキャンセルしてる場合じゃなかったです。ペットを諦めて代わりを探すのも違います。私たちは何がなんでも、ソーイングさんを田岡ビルに入れないといけません。クライアントにとって最高の物件が空《あ》いているのに契約できないなら、仲介の意味がありません」

言い終わる頃には心臓がどくどく跳ねて、うっすら汗をかいていた。こんなに強く何かを主張したこと、あっただろうか。絶対正しいと自信を持てるのが、あのパイのようなリストのおかげなのだとしたら、悔しい。

「うん、いいんじゃないでしょうか」

早乙女さんはにんまり笑い、

「じゃあソーイングさんはこっちでやるって関ヶ原さんに言っとくね」

そう言って、メール一本であっさり話を通してしまった。

十二月二十八日。年内の最終営業日、ワークスペースコンサルティングは無事に今年最後の予算を達成した。

社内の話題をさらったのは、やはり関ヶ原さんのデジペイだ。突然参画したアヤまるの無茶振りに素早く応えたことで、他の競合たちを大きく突き放し、経営陣からの信頼を獲得した。きっとこの契約は、今後のデジペイの本社移転プロジェクトへの足がかりとなるだろう。

「今回無事に勝ち取ることができたのは、僕だけじゃなくたくさんの協力があったおかげです。本当にありがとう」

月例会で、関ヶ原さんはみんなへの感謝を述べた後、個人の売上目標を達成したメンバーを前へと呼び寄せ、インセンティブを渡し始める。

私の元上司の館林さんはデジペイ騒動の裏でさくっと大きな契約を決め、関ヶ原さんの手伝いに駆り出されていた光村も細かい契約を複数重ね、単価は低いが社内最多の件数をこなしていた。インセンティブを受け取ったメンバーが一人ずつ、ヒーローインタビューのように今月を振り返る。長くなりそうだな、と思いながら、私は月例会の資料に視線を落とす。

A4いっぱいに印刷された売上実績表の横軸には、売上目標・売上実績・達成率、縦軸は営業メンバーの名前が並んでいる。

達成を示す太字のオンパレードから離れた下の方に、一列空きで咲野（特務室）とある。

部署が変わり、売上目標がなくなったので達成の概念《がいねん》は消滅したが、二十万という数字はたしかに反映されている。先月載るはずで載らなかった、私にとっての最初の売上だ。

「最後に、咲野さん」

インセンティブの配布を終えた関ヶ原さんがふいに私を呼ぶ。慌てて前に出ると、関ヶ原さんがみんなを見渡して言った。

「咲野さんは今月から特務室に異動しましたが、デジペイさんに追われる僕に代わり、先月悔《くや》しい思いで見送ったソーイングさんを計上してくれました。おめでとう！」

再び拍手が響く。自分に向けられる拍手は初めてだ。いつも遠くに感じていた音が耳の近くで弾けるようにこだまする。

——田岡様、ご無沙汰《ぶさた》してます。

あのあと、ソーイングの担当に戻った私は、緊張しながら田岡ビルに電話をかけた。短く唸《うな》った田岡オーナーは電話を切ることもなく、「どうなったの、吉峰さんのところ」と不機嫌そうに聞いてきた。

次の日の朝いちばんにアポを取った。吉峰社長からお願いされていたのだ。田岡オーナーが大丈夫なら、最短の日程で設定してください、どこにいようと絶対駆けつけますから、と。

私たち三人はまた応接室で対面した。「一人で平気だよね」と早乙女さんに送り出されたから、もう黙って俯《うつむ》くことは許されなかった。

「先日は大変申し訳ございませんでした。失礼を承知の上で、もう一度、契約のお話がしたくてお時間をいただきました」

私と吉峰社長は頭を下げた。ペットの飼育は見送り、今後も行うことはないと告げた。

「……」

田岡オーナーは固く口を結んでいた。その顔はどんどん険しくなり、やがて威嚇《いかく》するように鼻の頭に皺《しわ》が寄った。前回もこの表情を応接室で見た。やはりダメだろうか。私と吉峰社長の間に緊張が走った。直後、巨大なくしゃみが室内に響き渡った。一度じゃなかった。こだまのように何度も響き、ようやく眉頭《まゆがしら》を通常の位置に戻した田岡オーナーが、ぐしぐしと鼻水混じりの声で言った。

「いや、私こそすまなかった。実はひどい動物アレルギー……っ」

とどめのくしゃみをして、田岡オーナーは鼻をかんだ。発作《ほっさ》を落ち着かせるようにお茶を啜《すす》ると、実は内見のときからずっと我慢していたのだと告白した。

「だいぶ迷ったんだ。社長さんの人柄もいいし、会社の内容も問題ない。前の選挙事務所なんかよりずっとまともだし、ここで飼うわけじゃないならいいだろうと折り合いをつけた。そしたら契約のタイミングでここで飼うって言われたもんだから、頭に血がのぼって……ひどい態度を取ってしまった」

「いえ、こちらが非常識だったんです」

謝罪する田岡オーナーに、吉峰社長が慌てて首を振り、ついでのように告白する。

「ちなみに、今となってはもうこのビルとは関係ないことなんですが、実は飼おうとしていたのはハリネズミでした」

「えっ、ハリネズミって、……あのネズミの？」

田岡オーナーが目を見開く。

「はい、針の生えてる齧歯類《げっしるい》です。これくらいの大きさの」

吉峰社長が胸の辺りで大きさを示すと、釣られたように田岡オーナーも両手を動かし、

「なるほど」と複雑な顔をした。ハリネズミならあるいは、と思ったのかもしれない。だが、吉峰社長はきっぱりと言い切る。

「もし、入居をお許しいただけるなら、人間だけで越してきたいと思っています」

「はは、そうか……」

田岡オーナーが表情を綻《ほころ》ばせた。気づまりな空気がほどけていく。

「ああ、よかったあ……」

田岡ビルを出た私と吉峰社長は、胸を撫《な》で下ろした。契約できるということを、まるで奇跡のように感じていた。

「結果としては大満足です。終わりよければ全てよしってわけじゃないですけど」吉峰社

長がビルの一階を振り返る。シャッターの向こうの区画は、まもなくソーイングの新しいオフィスになる。

「オーナーが最初に断ってくれなかったら、僕の知識不足でマロンがかわいそうなことになってたかもしれない。遠回りしたけど、いちばんいいかたちで契約できる気がしてます」

よかった、と吉峰社長がもう一度つぶやく。鋭い目を細め、嬉しそうに見つめるビルは、一九八一年竣工《しゅんこう》、旧耐震基準、エレベーターなし。アテネー鈴木の、元選挙事務所。そして私が最初に契約するビルだ。緑茶色の外観が輝いて見えることはなくても、この先も同じ色を見るたびに、このビルを思い出すような気がした。

月例会が終わり、特務室に荷物を取りに戻る。この後は全社の忘年会だ。ノートパソコンの電源を落とそうとして、ふと思い出した。

「そういえば、早乙女さんって知ってましたよね」

「ん？　何が？」

「マロンが、本当はハリネズミだってこと」

デジペイの件でバタついたあの日、私は吉峰社長のＳＮＳを遡《さかのぼ》った。そこに一つ気になる投稿があった。吉峰社長がハリネズミを抱っこして満面の笑みを浮かべている写真だ。写真にはこんな文章が添えられていた。

〈初めてのハリネズミカフェでたくさん遊んで癒《いや》されました。弊社《へいしゃ》でも次のオフィスでお

迎えする予定で、実はもう名前も決めてます！〉

早乙女さんがこれに気づかないはずはない。

「できれば、言ってほしかったです」

「言ったらブッカクする気なくなっちゃうでしょ」

それはたしかにと思った。ハリネズミだとわかっていたら、私は気づけなかった自分を責め、無を更新し、何もできなくなっていたかもしれない。

「せめてこれからは教えてもらえませんか」

早乙女さんの予想通りだと認めるのは悔しくて、少し言葉を変えてお願いする。

「ん？　これから？」

早乙女さんがにやにや笑い、おどけたように問い返す。

「辞める話はもういいの？」

「とりあえず、保留です」

慌てて答え、退職のことが頭の片隅に追いやられていたのだと気づく。吉峰社長と再会してから、田岡ビルのことで頭がいっぱいだった。たった一件の契約で、なんて現金なんだろう。でも、一件の契約がこんなに気持ちを変えるものだなんて知らなかった。一件も契約したことがなかった私は、本当に知らなかったのだ。

「まあ頑張ってくれたし、年明け関ヶ原さんに聞くよ。ビズオフィスと話したときのこと」

ありがたかった。保留にしても残留にしても、すっきりさせたい気持ちは変わらない。

沈黙を守っていた関ヶ原さんも早乙女さんになら当時の詳細を打ち明けるかもしれない。

だってこの間、私は偶然聞いてしまったのだ。集中室の中で、関ヶ原さんが声を潜めて電話しているのを。

『今月も無事達成できそうです。ええ、そうですね、早乙女さんの力添えもあって……いや勘弁してください！　早乙女さんを甘酒屋さんにとられちゃうと厳しいですよ。お願いですから大量の甘酒でヘッドハンティングしようとするのやめてください！　これから新卒も育てて、特務室も強化するつもりなんで。よろしくお願いします――はい、神野社長』

早乙女さんはどうやら、会社を引っ張る関ヶ原さんが頼りにしている人らしい。そして不在がちな社長にほしがられる人でもある。異動の話のとき、関ヶ原さんに言われたことを思い出す。

――ラッキーだよ、咲野。早乙女さんと一緒に働けるなんて。あの人までえぐいから。

良いお年をと挨拶《あいさつ》をして、特務室を出るとちょうどエレベーターから見覚えのある女性が降りてきた。

「よかった、お姉さん！　また会えた！」

八の字眉で呼びかけられ、先日倒れていたおじいさん、川村さんの娘さんだと気づく。

「この間はどうも本当に助かったわ！　予約入れてこようと思ったけど、ホームページが見つからなかったから」

　年内にお礼だけでも、と来てくれたらしい。日持ちする和菓子だから、と差し出された紙袋を受け取りながら、私はやっと訂正《ていせい》する。

「実はここ、ネイルサロンじゃないんです」

「あらっ、ごめんなさいね。ネイリストさんって聞いてたからてっきり……なんのサロン？」

「サロンじゃなくて、会社の事務所で」

　鞄《かばん》の中から名刺《めいし》を取り出す。

「不動産会社の、特務室なんです」

「特務室？　なんだかかっこいいわね」

　名刺を見て曖昧《あいまい》に微笑《ほほえ》み、彼女は囲碁《いご》サロンへと消えていく。

　和菓子を置こうと特務室に戻ると、「忘れ物？」と早乙女さんがリクライニングチェア越しに振り返った。たしかにデスクも椅子《いす》もないから、不動産会社の一部にはとても見えない。

「デスクを買いましょう」と私は言った。

　このままだと腰を痛めてしまう。いつ辞めるかわからないけれど、まだ、辞めない。とりあえず今は、ちゃんと腰を据えられるデスクと、椅子がほしい。

特務室を出て、なかなか来ないエレベーターを待ちながら、川村さんの娘さんの不思議そうな顔を思い出す。

——特務室？

スマートフォンを取り出し、特務と打って検索をかけた。〈特別な任務。特殊な任務〉と出てくる。文字の通りだ。そしてたぶん、本当に、文字の通りの部署だった。十二月、早乙女さんはパズルゲームで遊んでばかりいた。でもそれは、画面の中で恐竜が生まれる類《たぐい》のものじゃなくて、ビルと会社と仲介《ちゅうかい》をピースにした、もっともっと巨大なパズルだ。

エレベーターに乗り込むと、すれ違うように前歯のないおじいさんが降りてくる。前にトイレで居合わせたときは、二階に戻りたいと思った。だけど今、エレベーターは二階を通過し、地上へと私を運んでくれる。

降りる寸前、私はスマートフォンを取り出し、パソコンと同期されたメールの下書きを開いた。遡ったら、ソーイングの契約が壊れた日に書いた退職の文言が出てきた。しばらくいらない。そんな気がして、私はそれをゴミ箱に捨てた。

2

どうぞ、ねんねんゴロゴロに

年明け早々、ワークスペースコンサルティングは落ち着かない空気に包まれていた。二階で行われた年始キックオフで衝撃の発表があったのだ。

「実は、郷《ごう》くんが家業を継ぐため、今月いっぱいで退職することになりました」

夕方、みんなを招集した関ヶ原《せきがはら》さんは残念そうに告げた。郷さんは私や光村《みつむら》の一つ上の先輩だ。いつも元気で声が大きく、フレンドリーな営業スタイルで若手の売り頭《がしら》として営業部隊の主力となっている人だった。

「年始早々こんな話、本当にすみません！　自分としてもこの会社でずっと働いていくつもりだったので、自分ですらこの自分の決断にまだ驚いている状況です」

郷さんは、実家の造園業が人手不足で存続の危機に直面していること、年末年始の帰省《きせい》中に経営を担《にな》うお父さんの腰痛の悪化を目の当《ま》たりにしたことを告白した。

「継げとも言われてなかったし、継ぐつもりもなかったんですが、このまま俺が東京にいたら親父《おやじ》の会社どうなるんだろう、って正月ずっと考えてました。そして一日でも早く造園について学ぶべきかと思い、この結論を出しました」

感情を押し殺すように目を伏せた後、「最後まで走り抜けます！　よろしくお願いします！」と郷さんは勢いよく頭を下げた。

「郷くんの決断はとても覚悟のいるものだったと思います。聞いたときは驚いたし大事な戦力だから正直引き留めたい。でも、僕らには郷くんの家業を手伝うことはできないから、腹を括《くく》って、笑顔で見送るしかありません」

　関ヶ原さんの冷静なコメントでも、ざわつく空気をおさめることはできない。たしかに青天《せいてん》の霹靂《へきれき》だ。郷さんは十二月も関ヶ原さん、館林《たてばやし》さんに次いでパワフルに売上を作り、月例会では来年こそ二人の年間売上を抜きますと抱負を語っていた。

　郷さんに懐いていた光村は魂が抜けてしまったかのように、悪い知らせを持ってきた関ヶ原さんをぼんやり見つめている。

「とにかく、達成しましょう」

　関ヶ原さんは言った。

「一人一人が個人の目標を達成して、会社全体の達成に繋《つな》げていくこと。一月は営業日が少ないとか、十二月に全部詰め込んじゃったとか、そんなのはもう関係ない。郷くん最後の月なんだから、とにかく達成。それを餞《はなむけ》にしましょう！」

　鼓舞する関ヶ原さんの声が再び響き渡った。はい、と太い声が連なる。十二月とは違う活気がフロアに満ちていく。

　郷さんの退職を受け、特務室での業務にも変化があった。営業部隊から〈ＣＵ案件〉を引き継いだのだ。名称の由来はひどいもので、ちょっと（ＣＨＯＴＴＯ）受けられない（ＵＫＥＲＡＲＥＮＡＩ）案件の略でＣＵ案件。

ただ、移転とは無縁のX案件とは違い、CU案件は移転ニーズのある問い合わせも含まれる。ニーズがある限りはしっかり対応するべきなのだが、対応できない理由がある。

一つは社内コンプライアンス的な理由だ。会社として取引できない相手。風俗業やカルト団体、反社関連がこれに当たる。

もう一つは、ノウハウ的な理由。これは相手の問題ではなく、うちの問題だ。ワークスペースコンサルティングは、事務所を専門に仲介をしていて、店舗《てんぽ》を仲介するためのノウハウがない。焼肉店を開きたいと相談してもらっても、どの物件なら建築基準法上の問題がなく、どんな設備があれば焼肉店として事足りるのかなどの的確なアドバイスをすることができない。以前に光村が数字ほしさにこっそり美容室の案件を進めて、ガスがないとかで大クレームを食らったらしい。「ガスがないのに大炎上」としばらく郷さんにからかわれては「もう二度と自分を過信しません」と悔《く》やんでいた。

CU案件については社内でも対応するべきか否《いな》かで意見が割れている。できないものをやろうとして、結果できませんでは相手に迷惑がかかる。しかしノウハウがないのを理由に断り続けたら、この先もずっとできないままだ。守りじゃなく攻めに転じるべきではないかという声も多いが、日々の案件に埋もれてずっとうやむやになっている。

その他、『同業他社によるリサーチのようだが確信が持てない』案件や、『何度も問い合わせがくるものの一度も返信がない』案件などがある。これらは営業部隊が慎重に対応してきたが、今月はそんなことをしている場合じゃない。

関ヶ原さんが言った通り、十二月に案件を詰め込んだため、一月はすっからかんの状態でのスタートだ。でも、郷さん最後の月に未達は許《けず》されない。全営業が持てる限りの力を案件に注げるよう、売上に直結しないものは極力削っていかなければならない——そこで関ヶ原さんから打診《だしん》があり、特務室でCU案件の対応もすることになったのだ。

「じゃあ俺が快癒快快快楽園《かいゆかいかいらくえん》を断るから、咲野《さきの》さんはこの田中《たなか》さんに返事してもらえる？」

「はいっ」

年明け二日目にしては、効率よく回っていた。早乙女《さおとめ》さんは、

「すいませんね、男性向けのマッサージ店は弊社《へいしゃ》ではお取り扱いできかね……え、男女垣《かき》根《ね》なく？　それだといっそう難しく……。え、いえ、個人的には、ビジネスモデルとしてはいいと思いますよ。間口は広い方がいいでしょうし、時代は進化してますもんね……」

と怪しいマッサージ店と対話している。話し方が優しいから、一歩間違えればクレームになりそうな案件も綺麗《きれい》に片付けられるのかもしれない。相手はまさか早乙女さんがリクライニングチェアに転がりながら話しているなんて思いもしないだろうけれど。

私は同時に十件もの物件に問い合わせをしてきた田中さんへのメールを打つ。この田中さんの問い合わせは厄介《やっかい》だと、営業部隊から事前に言われていた。問い合わせフォームにある社名と電話番号は空欄《くうらん》、さらにフリーメールからの問い合わせなので何も詳細がわか

らない。

ただ、毎回メールには丁寧《ていねい》な返信があるらしい。〈まだ探し始めたばかりのため、社名は非開示とさせてください。用途は事務所で、一般的なデスクワークです〉

こちらのルールを知っているのかと疑うような内容だ。しかも毎回大量の物件を問い合わせてくるわりに内見の要望も上がらないので、同業他社の可能性が高そうだ。「田中」もおそらく偽名だろう。

早乙女さんが電話を終え、「次はこの釣り堀りカフェの対応だな」とぼやきながら、また電話をかけ始める。私は新たに飛んできたX案件、〈ビルの前で毎朝寝ているおばさんがいます。通勤中に絡まれたこともあり怖いです。なんとかしてください〉に返事を送る。

弊社は仲介業者でして、ビルの管理を行っていないため、対応できかねます……。

「いやーまあまあ大変だなこれ」

釣り堀りカフェを無事にお断りした早乙女さんはリクライニングチェアの上で伸びをする。「そうですね」と相槌《あいづち》を打って、私もソファの座面に背中を預けた。デスクが届くまで、もう少しの辛抱《しんぼう》だ。ちなみに早乙女さんは今のスタイルを貫くらしく、私の分だけ発注した。

「あと、そうだ。なりすましの件なんだけど、これ行ってみたらいい気がするんだよね」

早乙女さんは思い出したようにリクライニングチェアを下り、一枚の紙を差し出した。

スーパーの大売り出しのようなド派手なフォントが飛び込んできた。〈ヨコの繋がり深めちゃおう！　花金《はなきん》仲介大合同大新年会〉深めちゃおう！　の下で色黒の男性が親指を立てて笑っていた。〈タカダオフィス・代表高田《たかだ》〉。自分の写真を載せちゃうあたり、ちょっと感性が独特な気がする。

「なんですか。これ」

「高田さん、新橋《しんばし》の方で仲介やってる一人社長なんだけどさ、よく同業他社集めて飲み会開いてるんだよね。今回は、ビズオフィスの人も来るっぽいよ」

「ビズオフィス⁉」

声が裏返った。主催の人の感性なんて、たちまちどうでもいい問題になった。

「そうそう。チャンスじゃない？　普通にしてたらなかなか会うこともないし」

早乙女さんはなんでもないことのように言うが、私の背中にはじんわりと汗がにじむ。

「でも、気まずいです。万が一東京パイル社の担当が来たりしたら」

「大丈夫大丈夫、東京パイル社の営業担当は堤《つつみ》さんって人らしい。ビズオフィスではかなり上の方の人みたいだから。こういう場には来ないいんじゃないかなあ」

早乙女さんは、自身ありげに私の椅子《いす》の背を叩く。すでにビズオフィスの会社ブログや社員ＳＮＳを洗いざらい調べ、担当を特定したのだという。怖いくらいのリサーチ力だ。

「うちでいう関ヶ原さんみたいなポジションの人だよ」

と言ってビズオフィスのホームページを見せてくれる。〈スタッフ一覧〉の中に〈シニアリーダー〉の堤さんがいた。

白い背景の真ん中で、堤さんは負けないくらい白い歯を覗《のぞ》かせて笑っていた。精悍《せいかん》な顔立ちで、ブルーのジャケットとオールバックの髪型がよく似合っている。もっと黄色い歯の、卑《いや》しい感じの目をした人がよかった。すんなり敵になってくれそうにない堤さんの爽《さわ》やかさが憎くて、暴きたいような衝動に駆られる。

「ビズオフィスの人にそれとなーく堤さんがどんな感じの人か聞いてみようよ。問題を起こしがちな人なのか、そうじゃないのか」

「はい」

「じゃあ俺も、関ヶ原さんに聞ける範囲で聞いとくかな」

早乙女さんはその場で関ヶ原さんにメールを入れ、前に話していた焼肉のアポを取った。日程は花金仲介大合同大新年会と同じ、連休前の金曜日で確定した。

「お互い健闘を」

早乙女さんは楽しげに目を細め、チラシを真似《まね》るように親指を立てた。

翌日、会社を出て山手線《やまのてせん》に乗り、新橋駅で降りた。成人の日の三連休前ということもあり、駅前のＳＬ広場を仕事帰りの人が蟻《あり》のように行き交う。チラシの住所を目指し、高架下に沿って銀座《ぎんざ》方面に歩いた。賑《にぎ》わっていてもどこか薄暗い通りの先に、目的の雑居ビルがあった。

「予約名が高田さんで、すでにいらしてるかと思うのですが」

指定された海鮮居酒屋の入り口で店員さんに告げると、奥のテーブル席へと案内された。恰幅《かっぷく》のいいおじさんが、「おっ！　女の子だ！　女の子が来た」と指を差してくる。

「冨山《とやま》さんっ！　それもう今の時代だとセクハラでアウトですよ」

手前に座っているおじさんが笑いながら注意して、「ども」と私を振り返って笑う。チラシで親指を立てていた、主催の高田さんだ。私もぎこちなく笑ってみせ、高田さんに促されるままセクハラ認定された冨山さんの隣に座った。みんな定時きっかりで出てきたのか、十人がけのテーブルはほぼ埋まっていたが、この中にビズオフィスの人がいるんだと思うと、顔を見るのも緊張する。全員スーツなのをいいことに、視線をネクタイの結び目に合わせた。あっという間に目の前にビールが置かれ、乾杯の流れになる。

「で、どうですか、仲介営業」

グラスを置いたと同時に、隣の冨山さんがたずねてくる。営業じゃないから言葉に詰まったが、冨山さんは構わず続けた。

「ここ数年で、けっこう女性営業を見かけるようになりましたけどね。女の子にはなかなかきつい体力仕事でしょ。咲野さん小柄で可愛《かわい》らしいし、何かと大変じゃないですか」

「おーい！　冨山さん、またですよ！　セクハラ！」

「ええっ、今のでもうダメなんですか⁉」

「可愛いとか言っちゃダメなんですよ。あと、『女の子だから』とかもアウトです」

「いやー昭和の人間には生きづらい。そしたら私もう何も喋《しゃべ》れなくなっちゃいますよ」

「アップデートしてってください、iPhoneに負けないように！」

テーブルが笑いに包まれたとき、私の正面にいた誰かが言った。

「でも僕、女性の営業はこれからもっと活躍すると思いますよ」

賑やかさにすっと切り込むような滑らかな声に、視線を上げた。顔を見て、ドクッと心臓が鳴った。この爽やかすぎる男の人を、忘れるはずがない。堤さんだ。今日はチャコールグレーのスーツにブルーのシャツ。

早乙女さんの嘘つき、と叫びたくなる。

「おっ、堤さん聞かせてよ。そのこころは？」

私の動揺《どうよう》をよそに、掛け合いは流れるように進む。高田さんに問われ、堤さんは慎重に言葉を紡《つむ》いでいく。

「なんというか、仲介ってだけで警戒されるじゃないですか。ごく一部によくない対応する人がいるからとばっちり食らってるだけですけど、お客様からすれば不安でしょうし。そういう、僕らがどれだけ真面目《まじめ》にやっても拭《ぬぐ》えない胡散臭《うさんくさ》さみたいなのが、女性だと一気に薄れちゃうんですよね。いつもこの会に参加させていただいているうちの吹原《ふきはら》——今案件がパンパンでちょっと遅れてるんですが——も、かなり勢いありますよ。そのうち僕も抜かれそうで怖いくらいです」

「いやいや、さすがに堤さんが抜かれるってことはないでしょう」

「そうそう、聞きましたよ、大東生命《だいとうせいめい》ビル、また決めたらしいじゃないですか」

冨山さんと高田さんが同時に声を上げる。二人の反応は堤さんがいかに有能な営業であるかを物語っていたし、『女の子』じゃなくて『女性』と呼び、『お客さん』じゃなくて『お客様』と呼ぶところも他の人たちと違う。悪い人に見えなかった。腹の底で何か企《たくら》むような人に見えない。むしろちょっと困るくらい、いい人そうに見えてくる。

そこに店員に伴《ともな》われ、一人の女の子——女性がやってきた。

「遅れてすみません！　おつかれさまです」

と長い髪をかきあげ、耳にかける。

「おっ吹原！　もっと遅いかと思ったよ」

「なんとか巻きで終わらせました。あとは全部もう連休明けにやります。早起きします」

彼女は堤さんの隣、私の斜向かいに腰を下ろすと、さっとテーブルを一瞥《いちべつ》し、人数分のビールを注文する。

「いやあ、この男むさい会に、女の子が二人とは、華やかですね」

「あっ、高田さん、今の発言こそセクハラじゃないですか！　これでレッドカードです！」

目尻を下げた高田さんに、冨山さんが反撃をする。

「ええっなんで一回目の僕がレッドカードなんですか？」

「僕と高田さん合わせると二回だもんで！」

「参ったな！　セクハラも連帯保証ってことですか⁉」

ニッチな不動産ギャグにまた笑いが起きたとき、

「えっ、開始三十分でもうレッドカードなんですか？」

吹原さんが鋭い声を上げた。強気なツッコミにぎょっとしたのは私だけで、テーブルは爆発的に盛り上がる。

「いやいや、怒らないで、見逃してよー吹原さん！」

「ダメです！　前も言いましたよね、今の時代そういうの炎上しますよって！」

「でも僕たち昭和産だからさあ」

高田さんたちは嘆《なげ》きながらもどこか楽しそうだ。適当に彼らをあしらった後、吹原さんは私の方を見てきつくしていた表情をゆるめた。

「初めまして。私、ビズオフィスの吹原です」

と名刺《めいし》を差し出してくる。

「あっ、ワークスペースの咲野です」

私も慌てて自分の名刺を出した。今日は念のため、前に使っていた〈営業第一チーム咲野花《はな》〉のものを持ってきた。

吹原さんは私の名刺に視線を落とし、あ、と小さく声を上げた。

「名前、素敵！　可愛いですね」とにっこり笑う。

「よかったら仲良くしてやってください」

堤さんが言った。

「吹原はちょっとやかましいかもしれないけど、根はいい奴なので」

「ちょっと、堤さん保護者みたいな言い方しないでください」

吹原さんがすねて、堤さんが笑う。私も笑顔を浮かべてみせたが、心は全《まった》く落ち着かない。この二人、私のことどう思ってるんだろう。東京パイル社の件を抜きにしても、ビズオフィスとワークスペースコンサルティングは、たびたびぶつかり合う。デジペイの分室の件でも関ヶ原さんとぶつかったはずなのに、なんだか肩すかしを食らうほど普通の態度だ。

「ヒールが磨《す》り減《へ》るから、靴《くつ》のお直し屋さんの回数券とかあるなら買いたいんですよね」

「夏場に色の濃いジャケットは本当に危ないです。日焼け止めと汗で白くなるし、日光吸収して燃えてるかってくらい熱い」

吹原さんの持ち出す話題はどれも絶妙な「わかる」を衝《つ》いてきた。酔いが回ったおかげで私の緊張も徐々にほぐれ、会話は大いに盛り上がった。堤さんは私たちの隣で、高田さんや冨山さんと話している。

「堤さんってもう部長みたいな立場でしょ。忙しいのに毎回参加してくれてどうもね」

「こちらこそ、いつも開催に感謝しています。オーナーやクライアントとお話しすることはあっても、なかなか同業の方とは接点作るの難しいですし」

堤さんは吹原さんをちらっと見る。

「吹原にとっても貴重な機会です。自分の会社しか知らないと視野も狭くなりますし、いい刺激になります」

発起人である高田さんが満足げにうんうんと頷《うなず》く。吹原さんにもその会話は聞こえていたようで、秘密の話をするように声を潜める。

「うちの部長、やったら徳が高いんですよね」

「優しそうですね」

「優しいのかなあ。とにかくお客さん思いですね。だから怒ると怖いかな、私が売上のために無茶なスケジュール組んだりすると、お客さんに無理させてないか、本当にその契約がお客さんのためになるのか、って姑《しゅうとめ》みたいにしつこいです」

「それはそれは、しつこくてすみませんでしたね」

唐突《とうとつ》に堤さんが横から口を挟む。

「ちょっと、急に入ってこないでくださいよ！」

目をつり上げながら、吹原さんが笑う。砕《くだ》けたやりとりの中に、二人の信頼関係が見てとれる。話せば話すほど、ビズオフィスの人たちが真摯《しんし》に仕事に取り組んでいるのが伝わってくるようで、敵が誰だかわからなくなった。参加しなければよかった。ぼやっとした概念《がいねん》のまま、ビズオフィスを憎んでいた方が楽だったような気がする。

店を出た後、ぞろぞろと駅へと向かっていると、堤さんが私の隣に並んだ。目を瞠《みは》る私に「そんなに驚かなくても」と堤さんは苦笑し、穏やかな口調で言った。

「今日、吹原と喋ってもらってありがとうございます。女性の同期って初めてだから、あいつも喜んでるんじゃないかな」

「はい……」

わざわざ伝えにくるなんて律儀《りちぎ》な人だと驚いていると、堤さんは躊躇《ためら》いがちに続けた。

「会社同士は、去年いろいろありましたよね」

「え」

「正直、うちの会社はワークスペースさんにとってあまり印象がよくないかとは思うんです……。でも、咲野さんさえ気にならなければ、あくまで個人の付き合いとして、吹原と仲良くしてもらえたら嬉しいなって」

「おーい、堤くん、男衆《おとこしゅう》は二軒目行くよー」

泥酔《でいすい》した高田さんが振り返って声を上げる。よろめいて、冨山さんの弾力のある腕にぶつかって、尻餅《しりもち》をついた高田さんを、みんなが助け起こそうとしている。

「それじゃあ、また」と堤さんは頭を下げて、高田さんの方へと駆けていく。酔っ払いの輪に、救世主のように加わる堤さんの影を眺めながら、私は言われたことを反芻《はんすう》した。

会社同士は、去年いろいろ。正直うちの会社はあまり印象が。

「東京パイル社のこと?」

つぶやいた声に、通り沿いの居酒屋前で一本締めをする人々の声がかぶさる。よーっポン! おつかれさまでしたーパチパチパチ! 一週間仕事を頑張った人たちの立てる音に、私の声も疑念もかき消されていく。

電車に乗っていると、吹原さんからメッセージが来た。さっき連絡先を交換したのだ。

〈今日はありがと! 同業同期の友達できたの初めて! いつ飲みにいく?〉

私たちもう友達なんだ、と思った。仕事と兼用らしく、丸いプロフィールアイコンの中でジャケットを着た吹原さんが微笑《ほほえ》んでいる。メッセージアプリのタイムラインには、移転先に送ったお花の写真、下見の最中に見つけた新築ビルの外観、お客さんらしき人たちとのツーショットなど、日々の仕事にまつわる投稿がたくさん並んでいた。

〈来月だとどうかな〉と返した。この頃にはなりすましの件が片付いていればいいと思った。

「いやーわかんないねえ」

連休明け、金曜の成果を報告し合った私と早乙女さんは、壁にぶち当たっていた。早乙女さんは関ヶ原さんに安酒を飲ませて酔わせるために、泣く泣く店を雅牛園《がぎゅうえん》から牛《ぎゅう》ちゃん食堂にランクダウンしたらしい。そしてデジペイで作った借りをチラつかせ、関ヶ原さんから話を聞き出した。関ヶ原さんは渋ったものの、「これでチャラですよ」と釘を刺し、口を割った。

去年の五月。突然の鞍替《くらが》えを受け、関ヶ原さんは憤慨《ふんがい》しながらビズオフィスへと赴《おもむ》いた。関ヶ原さんは警戒していた。条件交渉後に鞍替えする東京パイル社も問題だが、いちばんの悪はビズオフィスだ。鞍替えがタブーであることは、仲介《ちゅうかい》たるものにとって暗黙の了解である。あえてタブーに足を踏み入れるのだから、ビズオフィスは自らを正当化し、さぞ好戦的な態度に出ることだろう——しかしその読みは、大きく裏切られることになる。

「このたびは、不義理なお話をすることになってしまい大変申し訳ございません」

打ち合わせに出席したのはビズオフィスの社長と、営業担当の堤さんだった。彼らは会議室のテーブルとほぼ平行になるくらい深く、頭を下げた。「横取りされる方が悪い」くらいに言われる覚悟だった関ヶ原さんは面食らった。それどころか、彼らは一つの提案をした。

「もし御社さえよろしければ、契約後の成功報酬《ほうしゅう》を折半《せっぱん》させていただけないでしょうか」

「えっ」関ヶ原さんは呆気《あっけ》に取られた。報酬目的で横取りしたはずのビズオフィスが報酬の面で譲歩《じょうほ》するとは思ってもみなかった。だが、すぐ冷静さを取り戻す。初手の詫《わ》びと報酬折半の申し出なんて、示談と和解金の話をされているのと同じだ。先にそんな話を出してくるのは、この案件の向こう側に何か重大なトラブルが隠れているからではないのか。そう仮説を立てた関ヶ原さんは、慎重に訴えかけた。

「僕らはお客さんの鞍替えの理由が知りたいんです。もしご存じなら教えていただけませんか。あるいは会長ともう一度お話ができるよう、間に入っていただきたいです」

「……申し訳ございませんが、対応できかねます」

「どうしてですか。ビズオフィスさんは今、東京パイル社さんとやりとりしてるんでしょう」

「それは、そうなんですが、事情があって」

「その事情とはなんでしょうか」

話は平行線を辿《たど》った。一時間ほどが経過してもそれは変わらず、関ヶ原さんは疲弊《ひへい》し始めていた。提案を呑《の》んで手打ちにするのも一つだが、仲介としての誇りがそれを許さない。今後も彼らとは競合として同じ土俵《どひょう》の上で戦っていくのだ。この場で、金で丸め込める業者に成り下がったら終わりだ――。だが、その誇りをもってしても、ビズオフィスは揺らがない。

息の切れるような言葉の応酬を経て、冷房の効いた会議室でも、関ヶ原さんのスーツの下は汗で湿り始めていた。回転し続けた頭は結論に行き着いた。

ここまで粘ってダメなら、ビズオフィスが口を割ることはないだろう。彼らは固い決意でもってこの場に臨《のぞ》んでいる。不動産取引で紛糾《ふんきゅう》する議論が行き着く先は法廷だ。でもこれは古くから貫かれてきた業界特有のルールの問題に過ぎず、訴訟《そしょう》になるような事案じゃない。そう考えるとビズオフィスはもっと強硬な態度でこちらを突っぱねてもいいはずだが、おそらく彼らは彼らなりの仁義を貫こうとしている。こねくり回したところで東京パイル社はもう戻ってこないし、どんな事情があるにせよ東京パイル社が彼らを選んだのは変えようのない事実なのだ――。

「それで関ヶ原さんは折れたんだ。ビズオフィスは平身低頭《へいしんていとう》、関ヶ原さんを見送った。この件は手打ちになり、うちとビズオフィスはただの競合同士に戻った」

「ちょ、ちょっと、待ってください」

両方のこめかみを手のひらで押さえ、押し寄せた情報を整理する。関ヶ原さんの矜持《きょうじ》はじゅうぶんすぎるほどに伝わってきたが、一つ聞き流せないことが混ざっていなかったか。

「あの、じゃあ、関ヶ原さんがビズオフィスの提案を受け入れていれば、ひゃ、ひゃく」

「百万はうちのものだっただろうね」

「えええええ……」

とても信じられなくて、崩れ落ちそうになる。毎月、一円たりとも落とすまいと営業部隊はしのぎを削《けず》り、関ヶ原さんはそれを鼓舞し続けているのに――百万円をみすみす見送るなんて本当にそれでよかったんだろうか。

「まあ、関ヶ原さんにとってもかなり苦渋《くじゅう》の選択っぽかったけどね。いまだに夢に見るらしいよ。よくよく考えると、他のことはいろいろ相談してくるのに、東京パイル社の件については特に何も言ってこなかったからね。僕の判断間違ってないですよね、って何度も聞かれたし、たぶん相当気にしてるよ」

私は思い返した。あの日、怒りを萎《しぼ》ませて帰ってきた関ヶ原さんの姿。聞いても何も教えてくれなかった関ヶ原さん。あれは、「知ってて教えてくれなかった」のではなく「知らなかったから教えられなかった」のであり、百万円を手放す決断が正しかったのか、自問自答して呆然《ぼうぜん》としていたんだろうか。関ヶ原さんのことを無敵のように思っていたから、そんな裏側があったなんて思いもよらなかった。

「……ビズオフィスが理由を言ってくれないのは、どうしてなんでしょう」

「折半まで申し出るのが怪しいよねー。咲野さんと関ヶ原さんの感覚通り、ビズオフィスがまともな人たちなんだとしたら、クライアントのためかな」

「東京パイル社から、何かを口止めされてたとかですか」

「と、考えるのが自然かな。もしくは、やっぱりビズオフィスがとても悪い奴らで、あのなりすましアカウントを作って東京パイル社をそそのかし、契約を強奪。怪しまれないように、折半を申し出たとか？」

「そんな……」

もう何がなんだかわからない。堤さんの誠実な言葉遣いや、吹原さんとの円満なやりとりを思い出し、頭が痛くなってくる。散らかった思考の中で、確信する。この件はもう解決しない。なりすまし犯人の正体も鞍替えの理由も迷宮入りだ。そのときふっと視界が暗くなった。心象風景かと思ったら、本当に電気が消えていた。戸口に立った早乙女さんが、上着を羽織《はお》りながら言う。

「今日はもう詰んだので営業終了。咲野さんも出かける準備して」

「え？」

「あっエレベーター来る、早く早く」

慌てて鞄《かばん》と上着を抱え、エレベーターに乗り込んだ。営業終了と早乙女さんは言ったが、まだ十一時にすらなっていない。

「あの、どこに行くんですか」

「えっとね、夢の国の方」

早乙女さんの答えで、動物のキャラクターが頭をちらつく。実は私、みんなほどにはあのキャラクターが好きじゃない。可愛《かわい》いかどうかわからないまま、周りに流されて可愛いと口にしているうちに、あんまり可愛いと思えなくなった。

会社を出発した私たちはどんどん夢の国へと近づいていった。恵比寿《えびす》で日比谷線《ひびやせん》に乗り換え、八丁堀《はっちょうぼり》で降りて、地下通路を歩く。「何から乗ろっか」「今回あれ食べたい」「お土産《みやげ》たくさん買わなきゃ」動く歩道に乗った人々の楽しげな声が、耳の横を流れていく。京葉線《けいようせん》に乗る頃には、私も腹を括《くく》っていた。きっと早乙女さんなりに私を元気づけようとしてくれているんだ。なら私もそれに応えなければならない。仮にも早乙女さんは上司だから、失礼のないようにあの動物を可愛いと言って、はしゃがなければ。緊張が加速していく。けれど、夢の国への乗り継ぎ駅に到着しても、早乙女さんが立ち上がることはなかった。

「降りないんですか？」

「んーあと少し」

はしゃぐ人で溢《あふ》れるホームを、ゆっくり電車が離れていく。暖房の効いた車両で、冷や汗が私の背中を伝った。目的地が全《まった》くわからない。「ここだ」と早乙女さんがようやく椅子《いす》を立ったのは、その数駅先の海浜幕張《かいひんまくはり》駅だった。

競い合うように巨大なビルがそびえ立つ。埋め立て地特有の近未来的な景色を、海からの湿った風が駆け抜ける。私たちは、広大な展示場の入り口に辿り着いた。

　コンクリートと鉄の色を基調とした空港のような無機質な空間で、ふわふわのタオルが何枚も揺れている。入り口には〈ＴＯＫＹＯ　ＰＩＬＥ　ＥＸＰＯ〉と書かれた巨大な立て看板があった。その名の通り、東京パイル社展示会。早乙女さん曰《いわ》く、今日から始まった三日間の催しで、企業による発注はもちろん、一般人も入場無料で展示を楽しむことができるのだという。

「敵を知るにはまたとない機会でしょ」

　たしかに早乙女さんは『夢の国の方』と言っただけで、『夢の国』とは言わなかった。だが東京パイル社は敵じゃないし、商品の展示を見たところで何か摑《つか》めるとも思えない。

　それでも会場に足を踏み入れれば、徐々に空間に圧倒されていく。

　天井からぶら下がったり、壁面に貼りつけられたり、設置された畳《たたみ》の上で丸められたり。あらゆるタオルが、あらゆる手法で展示されていた。その中で、もっとも大きな面積を割《さ》かれた展示にぶつかる。庭をイメージさせるような観葉植物と人工芝に囲まれた空間で、大小さまざまなサイズが物干し台ではためいていた。その周りにたくさんの人が集まり、タオルに触れたり、写真を撮ったりしている。

　愛媛のタオルメーカーとの共同開発商品〈ねんねんゴロゴロタオル――通称ＮＧタオル〉だ。『赤ちゃんはねんねんころり、年を取ってもねんごろに』のキャッチコピーで知られる東京パイル社の看板商品で、青洋《せいよう》ビルディングのオーナーも、ファンだと言っていた。ここ数年で開発されたにもかかわらず、寝具やベビー服などすでに複数のコンセプトでライン展開している。共通する目印は紺色のタグ。そこに商品名を表す〈懇〉の一文字が刺繍《しし ゅう》されている。

展示の傍《かたわ》らには〈東京パイル社五十年のあゆみ〉というパネルがあった。前社長——私とやりとりしていた会長が、繊維街《せんいがい》で開いた小さなお店から事業を拡大していったこと、三年前の社長交代以降は〈ねんねんゴロゴロタオル〉が爆発的に普及し、NGタオルの愛称で親しまれるようになったことなどが綴られていた。

「咲野さん、そろそろ始まるよ」

私よりも速いペースで会場を回っていた早乙女さんが戻ってくる。連れていかれたのはパーテーションで区切られた教室二つ分くらいの空間で、ずらりと並んだパイプ椅子は来場者で半分以上埋まっていた。

「本日はお越しいただきありがとうございます」

やがて拍手とともに、上品な雰囲気《ふんいき》の初老の男性が登壇《とうだん》した。東京パイル社の二代目社長だ。真剣に開発に取り組む姿がさっきのパネルにも載っていた。

社長は短い自己紹介を済ませた後、今後の展望について語り出した。

「NGタオル発売から三年。この商品をもっと多くの方に手に取っていただけるよう、今年のテーマをタオル×テクノロジーとしました。その構想をご紹介いたします」

　プレゼン用の細い棒で背後のプロジェクターを指差せば、真っ白なタオル地に、タオル×テクノロジーの文字が水染みのように浮かび上がり、ワンクリックでタオルをカスタムメイドできるという新サービスの紹介映像が流れ出す。

「兄が築き上げた東京パイル社の二代目として、覚悟を込めて作ったのがＮＧタオル。その作る喜びをお客様にもシェアしたい、そうして出来上がったタオルは特別な一枚になるはずです――」

　力強く語り、社長は拍手に見送られ退場した。

「会長もああいう、シュッとしたタイプ?」

「いいえ、会長はもう少し親しみやすい感じです」

　顔立ちそのものは似ているが、雰囲気がまるで違う。第一印象からして似ていなかった。お正月に会う親戚《しんせき》のおじいちゃんのような会長に対して、社長はオープンテラスのカフェでＭａｃＢｏｏｋのキーボードを叩いている経営者の風格だ。

「仲いいのかな」

「いいと思います。休みの日に家族同士で会うこともあるって言ってました」

　早乙女さんはブースを出ると展示会場を再び回遊し出す。なんとなくその後ろをついて回っていると、早乙女さんがくるりと私の方を振り返った。

「そしたら、パンフレット持って帰ろうかな」

「え、……全部ですか」

一箇所《かしょ》にまとまっているならまだしも、見る限りパンフレットは展示ごとに設置されている。この広さを回って集めるのはけっこう大変そうだ。それに、いったいなんのために？　それも『敵を知る』？

「うん。俺右側見るから咲野さん左側ね。はいスタート」

ぱんっと手を叩き、早乙女さんが徒競走のようにパンフレットを集め始める。追い立てられるように私も動き出す。会場はやっぱり広かった。特務室に異動して運動量が落ちたのか、回るうちにだんだん息切れしてきた。呼吸を整えていると、

「咲野さん？」

と背後から声をかけられた。振り返り私は目を瞠《みは》る。

「吉峰《よしみね》社長！」

「うわあ、まさかこんなところで会うなんて、びっくりです」

互いに驚き、思い出したように年始の挨拶《あいさつ》を交わす。ソーイングネットワークジャパンの吉峰社長は今月下旬《げじゅん》に控えた移転作業に追われながらも、今日は仕入れのために来たらしい。

「今やってるハンカチのオーダー刺繡サービスが好調で、今度タオルでも展開しようと思

ってるんですよ。贈答用の素材にできそうな、ちょっといいタオルを探しにきたんです」

現物を見たくて、車で来たのだと吉峰社長は言った。

「それで、咲野さんはなんでここに？」

「あ、えっと……」

言葉に詰まった。敵を知るためです、なんて言えない。

「移転関係で、少し、ご縁があった企業様なんです」

「へえ！　すごいなあ。こんな老舗《しにせ》企業の移転もお手伝いしてたんだ、咲野さん」

「いえ、そんな、めっそうもない……」

声が小さくなっていく。縁はあったが、その縁を最後まで繋《つな》ぐことはできなかった。

「でも、世間って狭いなあ。僕も仕立て屋やってた祖母がここの会長と、繊維街にいた頃に仲良くさせてもらってて。その繋がりもあって来たんですよ」

「えっ、そうなんですか！」

「タオルって安く仕入れるの簡単なんですけど、ご縁は大事だからね。今日いいタオルを見つけて発注までいければ、移転作業ほっぽり出してきたのも許されるかなと思うんだけど」

「たしかに、今かなりお忙しいタイミングですよね」

田岡《たおか》ビルの緑茶色の外観を思い浮かべた。契約した区画は今、入居に向けての内装工事中で今月下旬には引っ越しが決まっている。契約から移転までの期間は、企業や物件の事情により大きく異なる。約一ヶ月で移転完了するのはかなりスピーディーで、現オフィスとの距離の近さや、二十坪《つぼ》というコンパクトなサイズ、平日工事OKという物件の柔軟さなどが掛け合わさったからこそ成り立つスケジュールだ。

「無事に入居が済んだら遊びに来てください。じゃあ、そろそろちゃんと探すかな」

遊びすぎないようにしないと、と冗談ぽくつぶやいて、吉峰社長はNGタオルの展示コーナーへと消えていった。東京パイル社の移転について掘り下げられなくてよかった。フカすのって、心臓に悪い。

営業終了と早乙女さんは言っていたものの、X案件とCU案件をスマートフォンで処理しきれず、私たちは大量のパンフレットをたずさえ、会社に戻った。渋谷《しぶや》に降り立つ頃には、辺りはすっかり暗くなっていた。道玄坂《どうげんざか》を上り、ビルの一階でエレベーターを待っていると、扉が開くと同時に光村が飛び出してきた。

「明日ですね、承知しました！」

スマートフォンに向かって何度も頷《うなず》きながら、坂道を駆け下りていく。郷さんの退職月だからか、ただならぬ気迫だった。光村含む営業メンバーは、厳しいスタートをものともせず、順調に売上を積み上げていた。その証拠に、四十パーセント弱から始まった見込み達成率は、二週目頭にして六十パーセントを超えようとしていた。

私たちもやれることをやらなければならない。特務室に戻り、地道にX案件とCU案件を消化していく。

「この、髭《ひげ》……髭クラブ？　は俺やるから咲野さんは、もともと首塚《くびづか》だったから気をつけてくださいっていうメールと、あとはいつもの田中さんの対応お願い」

「はい」

田中さん、もう何件目だろう。同業他社なら、うちじゃなくてオーナーや管理会社にブッカクしてほしい。そんな気持ちを我慢しながら、メールを返す。

〈お待たせいたしまして申し訳ございません。本日管理会社の営業が終了しておりまして、明日五件まとめてご返答いたします〉

〈構いません。お忙しいところありがとうございます。お待ちしています〉

いつもすぐに返事がある。丁寧《ていねい》な文面でムゲにできないところがまた歯がゆい。

早乙女さんは何がどうしてそうなったのかわからないけれど、「僕の髭の毛量ですか？うーん普通くらいですかね。薄いとも濃いとも言われませんけど」と顎《あご》を触りながら、新規のCU案件である髭クラブの対応をしている。

東京パイル社の件が進展しないまま、日々が過ぎていった。

早乙女さんはお菓子の山の隣にパンフレットの山を築き上げ、ときどきぺらぺらとめくりながらも、特に閃《ひらめ》きはないみたいだった。

私も真似《まね》して見てみたが、いいタオルがほしくなるだけで、なりすましや鞍替《くらが》えのヒントになるようなものは何も見つけられなかった。ただ、看板商品であるNGタオルの他にも、とてもたくさん商品があることに改めて驚かされた。あの広さの展示会場が埋まるのだから当然といえば当然なのだが、五十年の歴史を突き付けられた。

ママから連絡がきたのは、私が陳明軒《ちんめいけん》で回鍋肉《ホイコーロー》を頬張《ほおば》っているときだった。

〈審査回答、まだ来ないんだけど催促《さいそく》してもいいと思うー？〉

「えっ」

思わず声が出た。十二月の終わり、ママと一緒に申込書を作って、通帳コピーや登記簿謄本《とうほん》も添えて仲介業者《ちゅうかい》に送った。突っ込まれていた緊急連絡先は私の名前にしておいた。試行錯誤《しこうさくご》の末、続柄の欄《らん》には〈元従業員／アドバイザー〉と書いておいた。ただの大学生バイトだったし、今もなけなしの知識であれこれやっているだけだが嘘ではない。フカシの範囲だ。そこからまだ返事がない？　連休を挟んだとはいえ、もう二週間だ。あまりにも遅すぎる。東京パイル社の件に気を取られて、ママを全《まった》くフォローできていなかった後悔《こうかい》が込み上げる。

〈催促した方がいいと思う。なんでそんなに時間がかかってるんだろう〉

〈それがね、オーナーさんがファイナンシャルプランナーで、かなり数字に細かいんだっ

て。申込書の受取確認の連絡のときに言われたわ〉

頭を抱えたくなった。ママが申し込んだのは部屋ごとにオーナーが違う分譲《ぶんじょう》マンションだ。不動産屋に丸投げのオーナーも多い中、主張の強いオーナーを引き当ててしまったようだ。

回鍋肉を食べながら、ふいに既視感《きしかん》を覚える。前も年齢と緊急連絡先の件で難癖《なんくせ》つけられたとママから聞いたとき、私はこの店めがけて道玄坂を上っていた。なんだか不吉なジンクスみたいだ。

〈催促して、またなんか言われたら教えて〉

〈オッケー、連絡する〉

メッセージのやりとりを終え、残りの回鍋肉をごはんと一緒にかき込んでレジに向かった。お会計の最中、店の外に小さなワゴンがあることに気づいてじっと見ていると、

「中華弁当、今年から売ってるの」

といつもの店のおばさんが、少しなまりのある日本語で教えてくれる。

「へえ、そうなんですか。お弁当もワンコイン？」

「そうそう。でも、ダメね。渋谷なのに、坂の上だから全然売れない」

おばさんは口をへの字に結び、「弁当売れそうな場所、知ってる？」と私にたずねた。

「恵比寿のオフィス街はどうですか？　隣駅だし」

「ダメダメ、全然ダメ、恵比寿なんてもうレッドオシャンよ」

「その日空《あ》いてそうなところに車停めて売るのは？」

「ダメー！　許可取れないと売れない！」

すごい剣幕で言われ、私は肩をすくめる。まあたしかにそうか。誰でも許可なく売れるなら、なんの資格もない私でもいきなり道端で弁当を売っていいことになる。ワゴンに積み上がった弁当がなんだかもったいなくて、夕飯用に一つ買うと言ったらおばさんは目を輝かせ、お惣菜《そうざい》を一つおまけしてくれた。

その日の夕方、X案件とCU案件の対応を終えると、早乙女さんががらがらとホワイトボードを引っ張り出してきた。ずっと特務室の隅っこで、壁と一体化していたものだ。

「東京パイルの件、一回整理しよっか」

早乙女さんが言った。この件に触れるのは展示会以来だ。もしかすると、パンフレットを読んでもどうにもならないと思ったのかもしれない。スマートフォンで当時のメールを確認し、時系列を書き連ねていく。完成すると、早乙女さんが私にいくつか確認した。

「これ見る限り、ゴールデンウィーク前日までは会長は普通だったたってことだよね」

「はい。賃料交渉の結果を伝えたとき、会長はすごく喜んでました」

「それまでに鞍替えの気配は全くなかった、と」

「少なくとも、私は何も感じなかったです」

「それが急に、連休明けから連絡が取れなくなった。会長の話だと、この日に移転の件での会議が開かれる予定だったんだよね」

「はい」これはカレンダーアプリにも残っているから間違いない。優しい会長は、会議が終わったらすぐ連絡をくれると言っていた。だいたいの時間まで教えてくれて、私は朝からソワソワしていた。でもけっきょく電話は鳴らず、こちらからの電話にも出ず。折り返しの連絡があったのは夕方になってからだった。

「会議で、何かがあったのかもしれないと思ってます」

前から思っていたことを私は伝えた。

「折り返しの電話で突然、鞍替えの話が出ました。ビズオフィスの名前が出たのも、そのタイミングです」

入社したばかりで競合の名前をろくに把握《はあく》していなかった私は、動揺《どうよう》もあって「ビズ－フィス」「ヒズオフィス」と二回も聞き間違えてしまった。『だから、ビズオフィスさんです』という会長の苛立《いらだ》ったような声でああ本当にもう駄目なんだと実感した。

「それ以外には何か話した？」

「いえ。会長からは『キャンセルする』『ビズオフィスにする』その二つだけだったと思います。でも、衝撃だったので覚えてないことがあるかもしれません」

「会議で意見が割れたのかなあ。でも、移転は延期にもなってないし、取りやめにもなってない。何より自社の都合でのキャンセルなら、そこまで冷たい態度に出る理由がわからない。会長って、取引が終わるからもういいや、みたいなドライな人？」

「いえ、すごく優しい人です。そうじゃなきゃ新卒の私に案件を任せてくれないと思います」

「ゴールデンウィーク明けのタイミングでビズオフィスがあのなりすましアカウント見せてそそのかしたのかな。おたくの仲介、こんなこと言ってますよって」

「うう……そうは思いたくないです」

あの小馬鹿にしたようなつぶやきが会長の目に触れたのだと思うと胃が痛くなる。堤さんがそんなことするとも思えず、振り出しに戻ってしまう。

「あ、ごめん、髭《ひげ》さんから電話だ」

考え込んでいると、早乙女さんのスマートフォンが鳴った。最初の問い合わせ以降、髭クラブは何かと早乙女さんに連絡してくる。

今日はここまでと早乙女さんがホワイトボードをひっくり返したので、私もソファに戻る。数日前に送った資料に対して、田中さんからの返信メールが届いていた。こちらが送った資料に対し、〈ありがとうございます、検討《けんとう》します〉のみの返信。いい加減、同業他社なのかなんなのかはっきりしてほしくて、返信に対して返信を打つ。

〈もしよろしければ、一度お電話でお話しできないでしょうか。詳細をおうかがいできま

したら、こちらからご提案いたします〉

同業他社なら警戒していなくなってくれるんじゃないかと淡い期待があったが、〈移転計画が具体的になりましたらこちらからご連絡いたします〉といつもの調子で返信があった。まだやりとりが続くんだと思うと、少しだけ憂鬱《ゆううつ》になった。

次の日、早乙女さんは用事があるとかで珍しく出かけていて、私は一人でX案件とCU案件をさばいていた。そんな中、衝撃は突然やってきた。

〈新しく出稿する求人記事のデータです。誤字脱字《ごじだつじ》と、写真のピックアップもお願いします。今回こそ女性が応募してくれるように、写真は咲野ちゃんが写ってるものがいいな〉

採用サイトへの出稿も担当している藤本《ふじもと》さんからは、ときどきこういうダブルチェックの依頼がくる。「経理の片手間でやって失敗したら怖いから」と本人は言うが、いっときは私に仕事をわけようという、藤本さんの優しさもあったと思う。達成感とは無縁のところで無になっていた私でも「お願い！」と声をかけられればホッとしたし、「おかげで無事に出稿できたよ」と報告をもらえれば救われたような気分になった。だから部署が変わっても、藤本さんの依頼はすぐに返したい。添付されていた記事を印刷して、誤字脱字を慎重にチェックし、社内サーバーにある写真フォルダを開いた。

社内行事などで撮影された写真は全てここに保管されている。みんなが個別にスマートフォンで撮った写真も含まれるので相当な枚数だ。

私が写っている写真となるとけっこう難しかった。無の期間が長すぎる。みんなが満面の笑みを見せる中、一人だけ負のオーラをまとった私が写っていたら、応募を検討する女の人に不安しか与えないだろう。

田岡ビル契約後の忘年会の写真はだいぶマシだったけれど、残念ながらキーパーソンである関ヶ原さんが半目だった。そんな中、私は一枚の写真を見つけた。

四月の新歓の集合写真。こんなのあったんだ。少し古いけど、いいかもしれない。拡大してみる。年度の変わり目なので、みんなの顔にはほどよい緊張感があり、私も挫折《ざせつ》を知る前なので目に光がある。ふだんはしないような、口角をきゅっと持ち上げた笑顔も真面目《まじめ》な感じがする。この頃の私は、会社のメンバーに自分をよく見せようと必死だったんだろう。

〈確認しました。誤字脱字ありませんでした。写真はこちらでお願いします〉

フォルダからコピーした新歓写真を貼りつけ、メールを返した。そのとき何か引っかかるような感覚があった。なんだろう。違和感の正体に行き着けないまま、新しいメールを受信した。前に返した首塚の人だ。何度返しても同じ内容で問い合わせがきてしまう。大事にならないように、コピペではなく慎重に返している。

〈平安時代に首塚だったとのことで、貴重な情報ありがとうございます。今回、弊社《へいしゃ》ホー

ムページにその情報を掲載したほうがよいとのご助言いただきましたが、紹介文の文字数が限られているため〉

そこまで打ったとき、早乙女さんから電話がかかってきた。

「おつかれさまです、早乙女さん」

『咲野さん、検索ってできる？』前置きなしに言われた。歩きながら電話しているようで、息が弾んでいる。

「え、あ、はい。今パソコン前にいます」

『野に咲く花、検索してみて』

「何かあったんですか」

『いいから』急《せ》かされて、慌てて検索をかける。検索結果に表示されたＳＮＳアカウントをクリックする。もしかしたら、新たによくないつぶやきでも投稿されたんだろうか。画面が遷移《せんい》し、ＳＮＳが開かれた。

「あれっ」私は画面に顔を近づけた。

投稿はなかった。それどころか、プロフィールも真っ白になっていて、つぶやきが表示されていたところには大きな文字で、〈アカウントが存在しません〉と書かれている。

『おめでとう。なんでかわかんないけど野に咲く花ちゃん、いなくなったよ！』

「えっこれって、そういうことなんですか⁉」

『そーそー。移動中に見ようとしたらさ、消えてた』

「ってことは、あの会長に関する投稿も……？」

『消えた消えた！　昨日ホワイトボードであれこれやってたときはあったのに。咲野さん、違反報告とかしてないよね』

「は、はい、してないです」

違反報告という制度の存在すら知らなかった。そういうことはできれば早く教えてほしい。

『なんにせよよかったねーデジタルタトゥー除去！　あっそろそろ時間だから切るね』

時間ってなんの時間だろう？　不思議に思いながらも、私は呆《ほう》けたように画面を見つめる。

「よかった……」と漏《も》れた声は自分でもびっくりするほど覇気《はき》がない。何かが引っかかる。

さっきからの違和感が、いっそう大きくなった気がする。〈野に咲く花〉は、どうして消えたのか。なぜ今なのか。去年の五月から少なくとも昨日まで、なんの動きもなかったのに――。

視界の隅でピコンと何かが光る。藤本さんからのメールだった。

〈ありがとう！　じゃあ新歓の写真で行くね！〉

短い返信を目にしたとき、違和感が唐突《とうとつ》に勢いを増した。

送信済みのメールを開いた。さっき選んだ写真を拡大した。新歓の写真。きゅっと上がった私の口角。この写真を丸くくり抜いたら、口元だけ丸くくり抜いたら、どうなる？

〈野に咲く花のスクリーンショットありますか〉

早乙女さんにメッセージを送ると〈どぞ〉とすぐに返ってきた。パソコン画面の横にスマートフォンを立てる。同じだった。印影のように透かして重ねるまでもない。このアイコンには間違いなく、新歓の写真が使われている。

昨日まではあったものが、どうして今消えた？　昨日と今日で、違うことがあるとしたらただ一つ。私があの写真に行き着いたということだけだ。そして、それを知る人はおそらく現時点で一人しかいない。

「やっぱりビズオフィスかもねー」

夕方、会社に戻ってくるなり早乙女さんは言った。

「大新年会で咲野さんに会って、ほったらかしにしてたアカウントのこと思い出したとか」

「……ありえなくはないですね。そんな人たちに見えなかったんで、信じたくないですけど」

「あとは堤さんがどうやって会長にアプローチしたかが気になるね……」

早乙女さんの言葉が右から左へと抜けていく。これだけ一緒に考えてくれたのだから、言わないと。そう思うのに、とても言えそうにない。藤本さんを会社でいちばん信頼していた。どうして、なんて今は考えられない。頭が回らない。とにかくその『まさか』は、私にとって決してあってほしくないことだった。

長い一週間だった。もはや恒例になった髭《ひげ》クラブと早乙女さんのやりとりを聞いている間も、田中さんの問い合わせを返している間も、するんと脳みそが行きたくない方へ流れてしまう。

初歩的なことに気づいていなかった。ビズオフィスになりすましは不可能だ。

去年五月の時点であの投稿をできるのは、一に私の顔と名前が一致していて、二に私が東京パイル社の営業担当だと知っていて、三に私の写った新歓写真を入手できる、この三つの条件が揃った人だけだ。つまり社内の人しかありえないということ。

写真フォルダには社内のみんながアクセスできるから、藤本さんではないかもしれない。何度も自分に言い聞かせた。でも、アカウントが消えたタイミングのことを思うと、どうしても疑いを拭《ぬぐ》い切れない。

そもそもなぜ、社内が疑わしいことに気づけなかったのだろう。

私というより、早乙女さんがだ。アヤまるのデジペイ参画やペット可能物件のニーズまで気づく人が、どうして気づかなかったのか。それとも、気づかないふりをしていた？

――咲野さん、誰か社外の人の恨みとか買った？

なりすましが発覚したとき、早乙女さんに言われた。

早乙女さんはなぜ最初から、疑惑の対象を社外の人に絞《しぼ》ったのか。私の意識が社内に向かないように？　ありえる。早乙女さんにはその動機がある。査定だ。社内に犯人がいる可能性に私が気づいたら、一気に退職へと傾きかねないと踏んだのだろうか。だとしたら、関ヶ原さんとの牛ちゃん食堂も、展示会も、ホワイトボードも、全部パフォーマンスだったんだろうか。

「じゃあちょっと出てくるわ」と早乙女さんがまた出かけていく。そう、不幸中の幸いは早乙女さんがここ最近、頻繁《ひんぱん》に特務室を空《あ》けることだった。カレンダーに予定が登録されていないから、どこで何をしているのかはわからない。ただ、遊牧民の寝巻きみたいなセットアップのトップスを、ちゃんとズボンにインして上からジャケットっぽいかたちの上着を着ているところを見るに、きちんとしないとダメな相手に会っているんじゃないかと思う。それがいったい誰なのかはわからないけれど。

「こんにちはーっ、オフィス家具通販センターです！」

ノックの音にハッとして、X案件を捌《さば》く手を止めた。扉を開けると作業服姿の男の人が二人立っていて、

「家具のお届けと回収に上がりました！」

と元気よく声を上げる。念願のデスクが届いたのだ。異動してから使っていたソファと

ローテーブルはあっという間に引き上げられ、ソファ跡地にデスクが組み立てられていく。

男の人たちが帰ったあと、私はぼんやりデスクと向かい合った。待ち望んでいたはずなのに、全然嬉しくない。退職は保留だと早乙女さんに伝えたとき、このまま辞めたい気持ちは消えてなくなるんだと思っていた。今はどうか。

退職への意志は前ほど強くない。でも残りたいとも思わない。辞める気力すらないというのが本音に近い。なりすましのことが記憶から消えたらいいのにと思う。

抱えたままだったノートパソコンをとりあえずデスクに置いたが、中腰での作業は五分と続かなかった。黒子のように素早く終わらせるつもりで、椅子を取りに二階へと向かう。

「いけるぞ」

到着すると同時に、関ヶ原さんの興奮をはらんだ声が耳に飛び込んできた。

「提案と下見のたまものだよ。このましっかり契約に繋《つな》げよう」

「はい！」

力強く返事をしたのは、光村だった。年明けの呆けたようすからは一変、席に戻るやいなや、きびきびと電話をかけ始める。

「今月、達成見えてきたみたいよ」

背後からの声に私は飛び上がりそうになった。藤本さんがにこにこしながら立っていた。

私が顔をひきつらせたのに気づいたようすもなく、言葉を続ける。戦国武将のような気迫で郷さんが新規の大型案件を計上し、今日光村が二件の申込みを獲得したことでようやく達成が見えてきたらしい。

「そうなんですか」

私の声はロボットのように角張《かどば》っていた。さすがに藤本さんも異変を察知したのか、「そういえば記事チェックありがとね」と明るい声で言う。それだけで心臓が口から出そうなのに、「やっぱ新歓の写真がいいよね」と畳《たた》みかけてくる。

綺麗《きれい》で優しい藤本さんの笑顔を、こんなにも恐ろしいと思ったことはない。震え出しそうな足に必死に力を込めて、私はただ無言で頷《うなず》く。ローリングストーンズのTシャツみたいに、丸く切り取られた自分の唇ばかりが高速で脳内を回り、藤本さんの声が遠くなっていく。もしかしたら私、倒れるかも。そう思ったとき、さくっと意識の奥に藤本さんの声が届いた。

「新歓の写真ね、ちょうどいい写真がない～って嘆《なげ》いてたら、もらえたんだ」

「……もらえた？」

「そうそう。光村くんが先週くれたんだよ」

スマホで撮って、ずっと共有フォルダに入れ忘れてたんだって、もっと早く入れてくれたらこれまでの求人にも使えたのになあ。頭蓋骨《ずがいこつ》に、藤本さんの声がぐわんぐわんと反響する。「そうですか」とどうにか絞り出した私の声に、やかましいほどの声が重なる。

「お世話になります！　ワークスペースコンサルティングの光村です！」

やる気に満ちた横顔が目に入った瞬間、激しい怒りが駆け抜けていく。体の中心に火柱が立つ。ごうごうと燃える炎の中で、昨日のことのように蘇《よみがえ》る。

私が東京パイル社とやりとりを始めたとき、焦っていた光村。ソーイングが壊れたとき、「ドンマイ」と半笑いだった光村。デジペイのブッカクを半分私に投げようとした光村。いつも私を見下していた光村。

「なんか元気ないよね、夜、お茶でもする？」

心配そうに私を覗《のぞ》き込む藤本さんと目が合った途端、強い罪悪感が湧き上がる。同時に安堵《あんど》する。藤本さんじゃなくてよかった。本当によかった。

大丈夫ですとだけ答えて、私は椅子をずるずると引きずり、八階に戻った。怒りは力だった。もう辞めたいとは思わなかった。あんな奴のせいで辞めるのはごめんだ。

どうやって戦うべきか。ようやく手に入れたデスクと椅子で、そればかり考えた。

鬼気迫るオーラを放ちながら仕事する私を、早乙女さんは「なんか怖いなー」と怯《おび》えたふりをしてからかった。本当はすぐにでも早乙女さんに真相を打ち明けたかったが、どうして犯人が社内の人である可能性に触れなかったのか、不信感が残っていた。けっきょく何も言い出せないまま一週間が終わってしまった。

週末、また私は床の上で目覚めた。目の前には半額シールの貼られたスーパーのカルボナーラの残骸《ざんがい》があった。容器に残ったチーズがくさい。冬なのに一夜にして発酵《はっこう》が進んだみたいだ。片付けなきゃと思いながらも床の上でうだうだし、起き上がったのは午後だった。

部屋を掃除《そうじ》して、シャワーを浴びて、お風呂掃除をして、やっと着替えて家を出た。こんなとき向かう場所は一つしかない。

「おおっ、こないだはどうもね」

私のオアシス『スナックやまもと』の扉を開けると、先客がいた。前にハムカツをおまけしてくれた下田《しもだ》精肉店の下田さんだ。挨拶し、一つ席を空けて腰を下ろすと豚コーラがすぐに出てくる。相変わらず真っ黒で、ほろほろで、不健康と健康の間にある味だ。おじさんは梅酎《うめちゅう》ハイの梅干しを割《わ》り箸《ばし》で崩し、ママは年中剝《む》き出《だ》しの二の腕を素早く動かし、大根をすりおろす。会社とは一ミリもかぶらない状況に、悪夢に浸かったようだった心が少しだけ浮上した。

「そういえば、花ちゃんも聞いてあげなよ、下田さんの愚痴《ぐち》」

ママが下田さんの方を見てププっと噴き出す。

「笑い事じゃねえんだよママ」

下田さんはうなだれ、薄くなった毛髪を掻《か》き回す。

「昔の行きつけだったラーメン屋が今日、新装開店したんだよ。大将が引退して長らく休業してたんだが、晴れて息子が舵取《かじと》りすることになったのさ」

それだけ聞くといい話のようにも思えるが、下田さんの表情は暗い。

「それでさっそく行ってみたのよ。そしたらもうびっくりだね。前はおっさんやじいさんばっかの渋い店だったのにさ、若い女の子がたくさんいて、『バエ』とか言ってさ、ひたすらラーメンの写真撮ってるわけ」

「バエって、ラーメンがですか」

「そう。そりゃあコッテリしたうまいラーメンを撮りたくなるのはわかるけどさ、そうじゃないのよ、これが」

下田さんが顔を歪めながら、画素の荒いガラケーの写真を見せてくれる。

「わっ」びっくりしてガタンと椅子を鳴らしてしまう。ラーメンのスープの色が、ピンクだった。生やさしいピンクではなく、アヤまるの頭を彷彿《ほうふつ》とさせるような、鮮やかなピンクだ。

「これは……体に悪そうですね」

「逆よ。体にいいの。ビーツ？　とかいう野菜と豆乳で作ってるらしくて、実際、物足りない感じの味なんだよ。そこにチャーシューあんだろ？」

下田さんが短く切った爪で画面を叩く。画素の問題か、なんだか不思議なチャーシューだった。色が均一で、脂身《あぶらみ》や筋が全《まった》くない。

「それね、大豆肉よ」

おじさんは苦虫《にがむし》を嚙《か》みつぶしたような顔をする。

「ソイミートって言うの？　とにかく肉じゃないんだよ。なんでこうなったかねえ。前のチャーシューは豚肩ロースの可能性を無限に感じるくらい、やわこかったのに」

精肉店の下田さんにとって、ソイミートはこれ以上ない悪手だったようだ。

「もうーっ、前のと比べるからつらいのよ！　別物として楽しめばいいよ」

「冗談じゃない！」

ママの言葉に、おじさんは水をかけられたブルドッグのように首を振った。

「うまかったラーメンの味まで忘れちまいそうだから、二度と行かないね」

サクッと食えてうまい店が少ないのにと下田さんはこぼす。たしかにそれはそうだ。こぢんまりとしたこの商店街は、意外と選択肢《せんたくし》が乏《とぼ》しい。個人店は店主一人か店主夫婦で切り盛りしているので、出てくるのに時間がかかったり、混んでいて入れなかったりする。私もバイト時代は、豚コーラとコンビニ、下田精肉店ばかりだった。

「毎日自分のところのお肉と、豚コーラ食べときゃいいわよねえ」

しょげた下田さんを見送るとママは適当なことを言って笑い、「で、花ちゃんはどうしたの。ゾンビみたいな顔して」とカウンター越しに身を乗り出す。

「本当にひどいことがあって」

「あら最高！　他人の話はひどい方が面白いのよ、人間てのは」

ママは本当に楽しそうに目を細めて頬杖《ほおづえ》をつく。その通りなんだけど、そういうことをあっけらかんと口にするのは私の周りでママくらいだ。だから話しやすい。自分が重たく受け止めている分、軽く受け流してくれる誰かを私は求めていた。

「実は会社の人に、ＳＮＳでなりすまされてね」

「なりすましって……誰かが花ちゃんの名を騙《かた》ってるの⁉　しょっぱなから面白いわあ」

ママは興奮したように、水割りをがらがらと掻き混ぜてぐびっとあおぐ。お客さん用かと思った大根おろしは、ママのつまみになった。私はママに全部を話した。私の万年五月病のきっかけとなった案件や、直近で浮上した同僚への疑惑についても。

「東京パイルってあれでしょ、ＰＰタオルの東京パイルでしょ？　すごいねーおっきい会社じゃないの？」

「ＰＰタオルなんてあったかな。今の看板商品はねんねんゴロゴロタオルだよ」

「ねんごろ？　知らなーい。ＰＰタオルってなんか高級なタオルなかったっけ？」

ママは首を傾《かし》げていたが、タオルよりもなりすましの方が気になる話題だったらしい。

「そのなりすました男の子は、花ちゃんのこと好きなのかしら」

と目を輝かせる。

「ちょっと、やめて」

鳥肌が立って、寒気を払うように首を振る。

「それは絶対違う。むしろ嫌われて見下されてんの」

「それって、関心があるってことよ。無関心なら嫌う必要も見下す必要もないんだから。一目置かれてるのよ、やだ花ちゃんたら、いつからそんな大物になったの～？」

「からかわないで！　それに私、そいつに一目置かれるようなことなんかしてない」

「まあ嫌だろうけどね、気にしないのがいちばんよ。自分を悲しませたり軽んじたり陥《おとしい》れる人間なんて、自分の人生にはいらないんだから」

意味をすくい上げるようにママを見上げれば、「それが難しいんだけどね！」といつも通り銀歯を見せて笑う。ママも悲しんだり、軽んじられたり、陥れられたりしたことがあったんだろうか。あったからその言葉が出てくるんだろうけれど、私にとってママはずっとひょうきんで安定した大人の人で、全然そんなの想像がつかない。

「そういえば、ママの物件は？」

私はたずねた。これが今日の本題だ。申込書一式を提出してから、特に進展がないので催促《さいそく》するというところで話が止まっていた。

「ああ、まだ連絡ないのよねー」

ママは頬に人差し指を添え、思い出したように首を傾げる。

「もう三週間くらい経つよね」

最後のコンタクトからの日数を指を折って数え、深いため息をついた。ひどい対応だ。おそらくその仲介《ちゅうかい》はママをリリースしたいのだと思う。でも、それならそれでちゃんと伝えるべきだ。終わらせるのも仲介の仕事で、相手が諦めるのを待つのは仕事じゃない。もしこれがうちの会社なら、その担当者は集中室で関ヶ原さんから大目玉を食らっている。

「いっそ他の物件にするのはどうなの？」

思い切って私は聞いた。前々から思っていたのだ。ママはけっこう頑張った。慣れない申込書を記入し、わざわざコンビニからファックスで送り、経済状況を開示した。四年間バイトしていた私でも知らなかったママの年齢やいまいち確信が持てなかったママの性別も、その仲介は顔も合わさず知ったくせに、すごく適当な対応をしてくる。自分を軽んじる人間は人生にいらないと言うなら、ママもそんな物件とは縁を切った方がいい。だけどママは言う。

「ここで踏ん張らなきゃよ。他探すってなると、面倒になって投げ出しちゃいそうだから」

「投げ出すって、引っ越しやめるってこと？　それでいいよ！　次の結果待って、駄目そうだったらまだここにいようよ」

「ダメよ、ダメ！」

ママが激しく頭を振り、乾いた髪がばさばさ揺れる。

「いつまでもここにいるわけにはいかないんだって。いくら元気でも年齢が年齢でしょ、そのうちポクッといっちゃうかもしれないんだから」

「変なこと言わないでよ。どこも悪くないよね？」

「悪くないけどさあ、わかんないでしょ。変なことになって、周りの人をびっくりさせたくないのよ。キレキレの私を覚えててほしいの」

ママは自慢の二の腕をぱんぱん叩き、私を見据える。

「だから迷わないうちにあそこで決めちゃいたい。デイサービスとか老人ホームも近いしさ」

現実感がなくておかしいのに、笑っているママの目の奥が真剣だったから、笑えなかった。ママが安定してひょうきんな大人の人であり続けるのは、ママ自身が誰よりも強くそれを願っているからなのかもしれない。だから私はママを引き留めるのを諦めた。


一月の最終週が始まった。今月はちょうど金曜日が最終営業日に当たる。営業部隊は丸五日かけ、見込んでいる全ての案件の契約を完了させなければならない。

出社した私は、無心でメールを返していた。ビルの前で犬が小便しているというクレーム、ビルの屋上を撮影で使いたいという依頼。そこに関ヶ原さんから全社員宛《あて》のメールが届いた。

〈現在売上目標に対する見込み金額は百・一パーセント。月初の四十パーセントから、み

んなの努力でここまで来ました。変わらずギリギリの戦いですが確実に契約に繋《つな》げ、全社達成を為し遂《と》げましょう〉

「おお、百行ったかあ」

リクライニングチェアで、早乙女さんが声を上げる。売上管理表で営業ごとの内訳を見ると、関ヶ原、館林、郷のトップ3の下に光村の名前があった。

「光村くん、今月すごいなあ」

感心したように言うので、私は唇を嚙《か》んだ。光村のことを早乙女さんに言うべきか土日も散々悩んで、今月は我慢しようと決めていた。全員が達成目指して走り続ける今、個人的なトラブルについて声を上げたくなかった。よりによって光村は今月調子がいい。それに水を差して悪役になるのは嫌だった。

X案件を処理し、田中さんからのメールを開き、私は目を瞠《みは》る。以前問い合わせた物件のうち一件を内見したいと書かれていた。同業他社じゃなかったの？

〈ご希望日をお知らせいただけましたら、すぐに手配いたします〉と返事を送る。

「最新型の機器なので臭気《しゅうき》や音はないんですよ。家庭用のドライヤーより静かだそうです」

早乙女さんはなんのことだかよくわからない電話をかけている。

私のスマートフォンにも非通知設定で着信があった。まさか田中さんだろうか。

「はい、ワークスペースコンサルティング、咲野で……」

『首塚《くびづか》のこと、何度も忠告しましたよね……』

　ささやくような声に耳がざわっとした。首塚の人は、私のビジネスライクなメールの文面に不満を抱いて連絡してきたようだった。

「申し訳ございません。私どもは仲介の立場でして、管理は行っていないため」

『そんなことはどうでもいいんです……。ただ、首塚があった情報を知っておきながら隠《いん》蔽《ぺい》するのは、問題じゃないですか。前もそうです。前も不動産屋は……』

　遠い親戚《しんせき》が不動産屋に騙《だま》されて欠陥住宅を買った話から、欠陥住宅と言えばシロアリは困ったものですよね本当に、ああいうのも女王蟻《じょおうあり》みたいな存在がいるんでしょうか、と話題が綿毛のようにあちらこちらを彷徨《さまよ》う。ひとしきり喋《しゃべ》って満足したらしく電話は突然切れた。これぞX案件という感じの電話だった。

「ごめん、早乙女さん、咲野、ちょっと」

　そのとき関ヶ原さんが特務室にやってきた。関ヶ原さんはどこか緊迫した顔で、早乙女さんのリクライニングチェアに近づく。

「早乙女さん、咲野を一時間借りていいですか」

「なんですか、レンタサイクルじゃあるまいし」

「実は、光村の契約が壊れたんです」

　関ヶ原さんは早乙女さんの軽口を無視して続けた。「僕と光村は今すぐオーナーに事情説明しに行きます。咲野には、もともと光村が予定してたアポに代理で行ってほしくて」

営業メンバーはみんな出払っていて、慌てて特務室に飛んできたようだった。

「契約済みなのでトラブることはまずないです。内装業者さんの現地調査で正直うちは出る幕ないんですけど、『勝手に見てください』はさすがに避けたくて」

「咲野さん、行ける？」

早乙女さんが私の方を見ると、関ヶ原さんも切迫した表情で振り返った。光村の代理が嫌だなんてとても言える雰囲気《ふんいき》じゃない。

大急ぎで支度《したく》して、指定されたビルへと向かった。偶然にも田岡ビルから歩いて十分くらいの、開けた通り沿いにある大型ビルだった。関ヶ原さんの言うようにトラブルはなかったものの、現地調査は私にとってとてもつらい時間となった。

「この天井についているスプリンクラー、他と型が違うように見えるんですがちゃんと機能してるんでしょうか」

「確認します」

「平日も作業員の出入りは問題ないでしょうか」

「確認します」

「あと音出し工事も夜間なら問題ないですかね？」

「確認します」

「工事中請書のフォーマットや、工事の区分表などはありますか」

「……確認します」

内装業者からの質問すべてに同じ答えしか返せない。そばでやりとりを見ていたクライアントがふうっと大きなため息をついた。

「お手数かけてすみませんね。光村さんがいらっしゃれないなら、別日でもよかったんですよ」

「かく……はい」

現地調査が終了し、とぼとぼと駅へ向かった。適当に返すことすらできなかった。あんなに大きなビルを契約したことはない。地下鉄のホームで電車を待ちながら、現地で出た質問をスマートフォンに打ち込んだ。機械的に光村に送り、やってきた電車に乗ろうとしたら電話が鳴った。

『あっ咲野さんこんにちは。無事に移転が完了したんで、そのご報告です』

吉峰社長だった。本来なら移転日当日に挨拶《あいさつ》に行くのがルールだが、ソーイングの予定はかなり流動的だったので、移転したら連絡をもらうことになっていた。この土日で内装工事を終え、今日から新オフィスで営業を開始したらしい。

『都合いいとき、ぜひ遊びにいらしてください。けっこういい感じになりました』

「あ、実は今、別件で最寄り駅のそばにいます」

『えっ本当ですか⁉　よかったらそのまま来てくださいよ！　まだ荷解《にほど》きが残ってますけど、明日からまた忙しくなりそうなんで、今だと逆にありがたいです』

　それならとお言葉に甘えることにした。再び地上に出て、慣れた道を行く。落ち込んだ気持ちは、ソーイングの新オフィスを外から見た瞬間、一気に霧散《むさん》した。

　緑茶色の古い物件であることは変わらないのに、アテネー鈴木《すずき》の選挙事務所だった頃とは見違えるようだ。ピカピカに磨《みが》かれたガラス扉を引くと、モダンなコンクリートの壁が現れる。手書き風の文字で書かれた会社のサインとマロンのイラストが、あたたかみのある黄色いスポットライトで照らされていた。

　通されたオフィスでは、壁に沿って置かれた細長いデスクでみんな黙々と仕事していた。今日移転したなんて信じられないほどに違和感がない。自分が契約した物件がオフィスとして機能しているのを見て、目頭《めがしら》が熱くなる。

「咲野さん！　急にすみませんね」

　奥のミーティングテーブルにいた吉峰社長と白石《しらいし》さんがやってくる。

「ご移転おめでとうございます。素敵なオフィスですね」

「おかげさまで。コンクリートのエントランス、よくないですか？　本当は木目の予定だったんですけど、台車が通ることもあるので傷や汚れがついても味が出るようにしたくて」

　吉峰社長が誇らしげにエントランスの方を見る。短い期間で試行錯誤《しこうさくご》し、会社に合ったオフィスを作ったのだと伝わってくる。

「まあ、移転終わったとか言いながら、あのへん散らかってますけどね」

吉峰社長は段ボール箱が積まれた一角を指差す。会社の名前が入った段ボール箱の山を見て、私は目を剝《む》いた。その中に東京パイル社の名前が入った箱がいくつか混ざっていたのだ。

「あれは、この間の展示会で発注したものですか」

「ああ、そうですそうです」

吉峰社長がこくこくと頷《うなず》く。

「展示会行ったら、うっかり予定外のものまで買っちゃったんですよね」

吉峰社長と白石さんが段ボール箱の山に近づいていく。「よいしょ」と白石さんが東京パイル社の段ボール箱を脇に下ろして開けた。緩衝材《かんしょうざい》を取り除くと、大量のタオルが現れた。

「よかったらどうぞ。ミニタオルなんですけど」

吉峰社長から渡された、溶けそうな手触りに覚えあった。展示会で人工芝の上をはためいていた、NGタオルだ。今治タオルの認定タグと並ぶようにして、NGタオルの〈懇〉のタグがついている。

「実はそれ、移転記念のノベルティにしようと思って発注したんですよ」

「ノベルティ……ですか?」

「お得意さんに配る用の、記念品みたいなものです。まあ、全然移転に間に合わなかったんですけど」

吉峰社長は苦笑しながら頭を掻《か》いた。

「これからマロンのワッペン大急ぎで縫《ぬ》いつけるんですよ。だからまあ、実際に配れるのは来月になりますね」

「これにさらにワッペンが入るんですか」

私はまじまじとタオルを見つめた。無料で配るのに、ずいぶん手間とお金をかけるのだと驚いた。でもその分だけインパクトは大きい。ブランド力のあるNGタオルに可愛《かわい》いマロンが縫いつけられていたら、受け取った側はそのタオルを使うたびにソーイングを思い出すだろう。きっとCMを打つより人の心に残る。

「ワッペンありバージョンも、完成したらまたもらってくださいね、その無地のやつもよかったら使ってください」

「ありがとうございます。手を拭くのがもったいないくらい柔らかいです」

「よかったぁ! 急遽《きゅうきょ》仕入れた甲斐《かい》がありました」

吉峰社長は嬉しそうに笑い、「でも」と決まりが悪そうに続けた。

「これね、僕ちょっとやらかしちゃったんですよ。本当は移転までに、ワッペン入りで用意できるはずだったんです」

「またしても、吉峰のわがままが原因なんですよ」

　白石さんがため息まじりにかぶせる。

「先方のご厚意で、破格で即納品いただける商品があったんです。それならワッペンもギリギリ間に合った。でも吉峰が、急に今治の方がいいとか言い出して」

「仕方ないんだよ。展示会行ったら、こっちがいいってなっちゃったんだから。ネームバリューもあるから喜ばれそうだなとも思ったし」

「ただでさえ移転でお金がかかるのに」

「いやいや、俺も俺で考えたのよ」

　断罪された吉峰社長はおどけたように両手をかざす。

「最初が破格すぎたからさ。正規の値段で買う方が東京パイルさんに貢献できるかなーって」

「でもけっきょくそれで地雷踏んだじゃないですか」

　地雷？　どういう意味だろう。

「咲野さんも、東京パイルさんとお付き合いあるなら気をつけた方がいいですよ」

　吉峰社長は身を乗り出し、内緒話をするように声を落として言った。

「あそこの会長にとって、ＮＧタオルは地雷です」

鞄《かばん》を揺らし、道玄坂を駆け上がる。すぐに息が上がった。でも歩いてなんていられなくて、重力に抗《あらが》って走る。ボタンを連打してエレベーターに乗り、特務室に駆け込んだ。リクライニングチェアに早乙女さんの姿はない。私は窓際に置かれたホワイトボードの前に立った。

聞いたばかりの『地雷』について、頭の中で再生する。

吉峰社長が海浜幕張の展示会に赴《おもむ》いたのは、あくまで刺繍《ししゅう》サービスに使うタオルを見繕《みつくろ》うためだった。ノベルティに使うタオルハンカチはそれよりも早い段階で決まっていた。NGタオルではない、別のタオルだ。そしてそのタオルを吉峰社長に推薦《すいせん》したのは、東京パイル社の会長だった。

偶然に繋《つな》がった縁だった。お正月、吉峰社長がポメラニアンの小鞠《こまり》を連れて実家に帰っているとき、仕立屋だったおばあさんに会長から年賀状が届いた。二人はかつて繊維街《せんいがい》に店を構えるご近所同士で、当時の仲間たち含め、細く長く連絡を取り合っていた。

刺繍サービス用にタオルの仕入れを始めようと考えていた吉峰社長は、おばあさんに間に入ってもらい、年明け、会長と二人で会った。会食は初対面とは思えぬほど盛り上がった。

「長くひとつのことをやっていると面白い縁が生まれるもんだね」

旧友の孫が、自社の商品に関心を抱いていることを会長は大いに喜んでいた。

本題であるタオルの仕入れについても話はとんとん拍子に進んだ。会長は間もなく開催される展示会に吉峰社長を招待した。ただ、会長自身は受発注業務にタッチしていないため、具体的なやりとりに関しては要望に応じて適任者に繋げてくれるということだった。

会長の協力的な態度に吉峰社長はひたすら感謝し、東京パイル社とはパートナー企業としてこれから長く付き合っていくことになると確信めいたものさえ感じた。

ノベルティの話になったのは終盤だった。酔いの回った会長が熱燗《あつかん》を猪口《ちょこ》から溢《あふ》れさせ、ポケットから一枚のタオルハンカチを取り出したのがきっかけだった。

みるみる日本酒を吸い込んでいくそのタオルに吉峰社長は強く心惹《こころひ》かれ、前のめりになった。すると会長は言った。

「これね、去年販売終了となった商品なんですよ。個人的にはとても愛着のある品なんで、こうして持ち歩いてるんです。在庫がまだまだあるのでよかったら差し上げましょうか」

吉峰社長はこのとき閃いた。もしこれをすぐに送ってもらえるなら、急ピッチで仕上げ、移転記念のノベルティとして配布できるかもしれない。そのアイデアを伝えると、会長は複数ロットの即納を快諾《かいだく》してくれた。唯一、話し合いが難航したのは価格についてだった。

「眠らせておくだけの在庫だから。若い会社で役立ててもらえたら満足だよ」

「いえいえ、こんないいお品物を、無償でいただくわけにはいきません」

会長は無償での提供を主張、吉峰社長はそれを固辞した。二人とも折れるようなかたちで、取引は「とても言えないくらいの破格（吉峰社長談）」に着地した。だがその後、話はひっくり返る。吉峰社長がもともとの本題であったオーダー刺繡用のタオルを見に、展示会へと赴いたときのことだ。

吉峰社長は出会ってしまった。東京パイル社の看板商品であるＮＧタオルに。

存在は知っていた。それでも、人工芝の上ではためく展示品に触れたとき、雷に打たれた。会食時のタオルとは質の違う柔らかさ、展示を取り囲む人々の楽しげな表情。吉峰社長は一目惚《ひとめぼ》れ気質だ。マロンといい田岡ビルといい、そして今回のＮＧタオルといい、一度惚れたら猛進する。

これをノベルティにしたい。絶対に。吉峰社長はそう思った。

クオリティとは別次元の話だった。もとのタオルの素晴らしさが色褪《いろあ》せるわけじゃない。ただブランド力には人を喜ばせる力がある。社運を賭《か》けた移転の記念には、ＮＧタオルがふさわしい。

吉峰社長はすぐさま会長に連絡を入れた。会食のときにお願いしたタオルはそのまま納品してもらい、何か別の用途を考える、そしてノベルティ用にはＮＧタオルをお願いしたいと興奮ぎみに伝えた。プロパーでの新規発注だから、喜んでくれると思い込んでいたのだ——会長の硬い声音《こわね》を聞くまでは。

「やはり、吉峰さんもですか」

会長は言った。折り返します、とすぐに電話が切れて、数分後に別の担当から連絡があった。会長は窓口を外れ、NGタオルの発注作業は事務的に進んでいった。会長からのメールで、もとのタオルの納品はストップをかけたと連絡があった。一度はお願いしたのだからそのまま受け取らせていただきたい、と吉峰社長はメールを送ったが、破格だったこともあってそこまで強く主張できなかった。やりとりはそれきりになってしまった。

「そのタオルの名前は……」

「PPタオルっていうんですよ。ちょっと前まで割と主力の商品だったみたいです」

やまもとでの話を私は思い出した。ママは間違っていなかった。東京パイル社はたしかにPPタオルという商品を出していた。

ホワイトボードに背を向け、私はお菓子の山の横にあるパンフレットの山に近づいた。一つずつ見ていく。気持ちがはやり、山はどんどん崩れていく。ぺらぺらと固い紙の音だけが特務室に響く。

「ない……」

数分後、雪崩《なだれ》を起こしたパンフレットを前につぶやいた。

会長が強い愛着を持ち、吉峰社長曰《いわ》く『ちょっと前まで主力の商品だった』PPタオルのパンフレットがない。五十年の歴史は長いから、展示から取りこぼされた商品もあるのかもしれないが、あんなに広い会場で？　回るだけで息切れするような広い会場で、業界に明るいわけでもないママも把握《はあく》しているような商品が、展示されないなんてことあるだろうか。

雪崩はそのままに今度はデスクにかじりついた。パソコンの検索画面にＰＰタオルと打ち込んで渾身《こんしん》の力でエンターキーを押す。出てきた。上から順にクリックして、情報を少しずつ繋ぎ合わせていく。

ＰＰタオルは、東京パイル社と泉《いずみ》パイル工業との共同開発商品。大阪に所在する泉パイル工業は、ＰＰタオルの他にも、東京パイル社と複数の共同開発商品を生み出していた。もう十年以上も前の日付の画素数の荒い記事の中、今より若い会長がインタビューに答えている。

『派手じゃなくてもいい商品を。シンプルな目標に一緒に取り組める最高のパートナー、それが泉パイル工業さんです』

ＰＰタオルの由来は東京パイル社と、泉パイル工業のＰを並べたものだと書かれていた。

窓際のホワイトボードをがらがらと引きずり、何も書かれていない面がこっちを向くようにデスクに横付けした。私は画面を睨《にら》みながら、二社の生み出した商品について書き出していく。自分にしか解読できない、毛玉みたいなメモ書きがホワイトボードの上に誕生した。それを行単位にほどいていく。商品名の横に、販売状況を書き込んでいく。

販売終了。販売終了。販売終了。

その横に日付を書き込む。全て書き込んで、ペンを離した。芯が出たままのペンが弱々しい線を描きながら受け皿に落下した。共同開発商品の販売終了日は、社長交代後の三年間に集中していた。最後まで踏ん張っていたPPタオルも去年の夏をもって販売終了。それらに代わるように、ここ三年の間でたくさんのNGタオルが発売されていた。

「ああ……」

ホワイトボードをひっくり返して早乙女さんと整理した時系列を見る。

『会議で、何かがあったのかもしれないと思ってます』

馬鹿だった。違う。全然違う。

『それ以外には何か話した？』

『いえ。会長からは「キャンセルする」「ビズオフィスにする」その二つだけだったと思います』

全部違う。全部思い出した。あの日、会長と連絡がつかなくて、私はすごく焦っていた。館林さんは心配していたし、関ヶ原さんも渋い顔で何度も状況を確認してきた。そんな中、やっと会長から折り返しがあった。話をいい方に進めたくて、会長よりも先に口を開いた。何かプラスになることをどうしても言いたくて、開口いちばん言った。

『青洋ビルディングの件、その後いかがでしょうか。実は、青洋ビルディングのオーナーも、NGタオルの大ファンなんです。今回の御社のご入居を、本当に楽しみにしてらっしゃいまして――』

「あああああ……」

声を上げ、デスクに突っ伏す。固い板に額を押し返されて、初めてソファを恋しく思った。柔らかくなくていいから、どこかに体を投げ出してじたばた暴れたい気分だった。馬鹿、馬鹿。会長の態度が変わったのはビズオフィスのせいでも、なりすましのせいでもない。いちばんの原因は、私の失言だ。

東京パイル社の会長だから、どの商品の話をしても喜んでくれると思い込んでいた。そんなはずないのに。下田精肉店の下田さんだって、ピンクのラーメンを嫌がっていた。お気に入りのチャーシューメンが上書きされるようだと悲しんでいた。会長もそうだったのかもしれない。NGタオルやそれに群がる人々が、大事なPPタオルを上書きするのが本当はすごく嫌だったのかもしれない。

デスクに置いていたスマートフォンが耳元で鳴った。投げたいような気分で手に取った。

〈そろそろ一月も終わるから、連絡してみたよ。来月の予定どうかな〉

吹原さんからのメッセージだった。

「無理だよ」

情けない声が出た。行けるわけなかった。とても会えない。会うのが恥ずかしい。吹原さんなら、私のような失敗はしないだろう。

クライアントを知ろうとしなかった。ただビギナーズラックに乗っかろうとしていた。移転というクライアントにとっての一大イベントを、作業みたいにこなそうとしていた。会長が私を切ってビズオフィスを選んだのは、当然の結果だ。

「ううう……」

唸《うな》りながら吹原さんのメッセージを開く。傷口に塩を塗り込むように、きらきらのタイムラインを眺める。

〈アジアンパートナーズ様の新オフィスを訪問。二度目の移転をお手伝いでき光栄です〉〈休みの日はビルの下見。この後のビールが最高なんです♪〉〈実は今、宅建の勉強中です。業務との両立は難しいけれど、合格できればお手伝いできる範囲がもっと増えるはず！〉

美しい写真、真摯《しんし》な言葉、その全てが輝いていて、気づけばがむしゃらにスクロールして、スマートフォンを放り投げていた。お菓子の山にぶつかって、パンフレットの雪崩は床にまで広がっていく。

机に額を打ちつけた。痛くてすぐやめる。絶望にすら才能が必要で、私は上手に絶望のポーズをとることもできない。体を起こして前髪を直す。冷蔵庫から甘酒を出して飲む。健康にいいと言うなら今すぐ私の心を健康にしてほしいが、呼び水のように食欲が現れただけだった。雪崩と化したパンフレットをもと通り積み上げ、上着を着て外に出る。私の両足は私を道玄坂上の陳明軒へと運んでいく。

昼時を過ぎた店に、先客はいなかった。嘘だ、いた。店の隅の空気が澱《よど》んでいてその中心に光村がいた。そっと踵《きびす》を返そうとしたのに、

「咲野じゃん」と声をかけられる。

「さっき、現調悪かったな、座れよ」

「あら、二人、同じ会社だったの」

厨房《ちゅうぼう》から出てきたおばさんが光村のテーブルに水とおしぼりを置いていく。仕方なく正面に腰を下ろした。光村の顔には覇気《はき》がなかった。契約が壊れ、関ヶ原さんとお詫《わ》びに行った後だからだろう。飯でも食ってこいと光村の背中を押す関ヶ原さんの姿を簡単に想像できる。無言の時間が続き、運ばれてきた回鍋肉《ホイコーロー》を食べようと割《わ》り箸《ばし》を割ったとき、光村が言った。

「現調のお客さんにさ、今日来た咲野さんって新人ですか？　って聞かれたよ」

顔を上げると、口角を歪めた光村と目が合った。

「全部の質問に、確認しますって言ったんだろ？」

「そうだけど」

「工事区分表はさ、あの規模のビルだと絶対あるんだから、『後で取り寄せてお送りしま

す』とか言えばいいんだよ。確認しますだけじゃ、お客さんも不安じゃん」

私は大きな塊《かたまり》の肉にかじりついた。食べることに集中しないと、ここ数日で溜まりに溜まったものが溢《あふ》れてしまいそうだった。

「無視かよ」

光村は鼻で笑う。

「いくら契約件数少なくてもさ、それくらいは知っとくもんだろ。仮にも元営業なんだし」

私は箸を置いた。摑《つか》みかかるのは我慢した。暴力と親しくないからうまくいく気がしなかったし、お気に入りの中華料理屋の要注意人物になるのは嫌だった。その代わり、言った。

「だから、こんなことしたの」

「は？　こんなこと？」

もう配慮《はいりょ》する必要なんかない。首を傾《かし》げる光村の方へ、スマートフォンを滑らせた。早乙女さんからもらったスクショが画面に表示されていた。〈野に咲く花〉を目でなぞった光村の顔から血の気が引いていく。

すっとぼけるのか開き直るのか、見届けようと凝視した。整髪料で立ち上がった前髪の下の眉《まゆ》が、ギュッと寄り、薄い唇が震える。

「まじか」

光村は私の方をうかがうように見ると、ガタンと椅子《いす》を鳴らして立ち上がった。私の横をすり抜けようとする光村の腕を慌てて摑む。

「待って、逃げるの？」

光村は怯《おび》えの表情を浮かべ、私を見つめた。

「咲野、いくらなんでもそれはまずいよ」

「何がまずいの」

強い口調で聞き返す。鼓動はどんどん速くなり、背中には汗が滲《にじ》んでいく。光村がひゅっと息を吸い込み、意を決したように言った。

「だってそんなの俺だけじゃ抱えきれねえよ！　郷さんに相談したい。頼むから離してくれ」

「……え？」

違和感を覚えて聞き返すと、光村は私を断罪するようにまくしたてた。

「咲野、売れなくて病んでたのかもしれないけど、これが誹謗中傷《ひぼうちゆうしよう》だってわかってる？　こんなん書いたら会長から訴えられるぞ」

「ま、待って」

手を振りほどかれ、今度は光村のジャケットを思い切り摑んだ。

「離せ！　そのジャケット高いんだよ」

「離すから、お願いだから座ってよ！」

声を上げ、もう一度ジャケットを引っ張ると、光村はこめかみを押さえながら席に戻った。正面から私を見据える目は怯えと疑心に満ちている。

「なあ、関ヶ原さんは知ってんの？　咲野の……P社が壊れたのってそれが原因なわけ？」

光村は空《から》のグラスに口をつけ、中味がないことに気づき、グラスを置いた。そしてまたグラスを持ち上げ、中味がないことをまた思い出したように下ろす。かわいそうなほどの動揺《どうよう》ぶりは、とても演技には見えなかった。

「これ、私じゃない。なりすましなの。本当に違う」

喉《のど》がからからに渇《かわ》いていて、声がかすれる。

「なりすまし？　どういうことだよ」

私は仕方なく、全部話した。気に食わない相手にこんなこと話したくない。でも、自分でまいた種だ。誤解をとかないといけなかった。

「……じゃあ、誰かがお前のふりをして、そうやって投稿したわけ？」

疑惑を拭《ぬぐ》いきれない顔で、光村が私を見る。

「そう。私が知ったのはもっと後だったけど」

「でも、誰がこんな……心当たりとかねえの？」

「心当たりはある」

「えっ、誰だよ」

「光村だと思ってた」

「は？」

「光村だと思った」

「はあああ？」

二度目で光村は獅子舞《ししまい》のようにぐるんと首を捻《ひね》る。

「そのアイコンに使われてる写真、光村からもらったって藤本さんが言ってた」

「いや、たしかに藤本さんに最近あげたけど……それだけで犯人にされたの⁉」

水を注ぎにきたおばさんがちらりと私たちを見た。居心地が悪い。「だって」と私も歯切れが悪くなっていく。

「そもそも俺がこのアカウント作ってなんの得があるんだよ」

「だからそれは、私を陥《おとし》れるために」

「陥れようにも、このアカウントが発見されなきゃ成り立たないだろ。会長にリークするのがいいんだろうけど、いきなり初めましてでこんなの送ったら怪しまれるだけだし」

たしかにその通りだった。それでも疑えるくらい私と光村の関係は希薄だったんだろう。私は光村を疑ったし、光村も瞬時に私を疑った。

「あ、待ってごめん、これだわ。俺、社名と実名出してアカウントやってるからさ。誰かがこっから取ってったのかもな」

〈今日は新歓！　新しい仲間も加わって、身の引き締まる思いです！〉

光村のスマートフォンに表示されたＳＮＳには、そんな文章とともに、あの新歓写真が投稿されていた。日付は去年の四月。プロフィールには〈ワークスペースコンサルティング光村崇《たかし》／法人営業五年目突入〉と発信者の情報が明記されていた。

「顔の映ってる写真、勝手に載せないでよ」

「悪かったよ。この日はネタがなかったんだ」

デリカシーのなさに絶句していると、「でもなりすまし疑惑は傷つくわ」と言われる。

「だって、状況的に、社内の誰かがやったとしか思えなかった」

「はあ？　社内の人がそんなことやるはずないだろ」

不愉快そうに眉を寄せ、光村が言い切る。根拠もないのに、どうして断言できるのだろう。私は根拠もなく疑ったのに。これでは私だけが、疑り深い嫌な奴みたいだ。

「……でも、さっきのはひどいよ」

悔《くや》しくて、一つだけ蒸し返した。

「何が」

「今日の現調、急に頼まれて行ったのに、あんな言い方ってない」

「それはごめん。契約壊れて苛々《いらいら》してた。郷さんいなくなっちゃうのに、俺何してんだろうって思ったら、すげー凹《へこ》んでさ。そこに咲野が来たから、サンドバッグにしちゃった」

「ひどいよ」

光村はふうっとため息をつき、不本意そうに言った。

「だって咲野、たまに謎のパワー出すときあるじゃん。P社も一本釣りしようとしてたし、S社の田岡ビルも自力で見つけたんだろ?」

「両方壊れたの知ってるよね」

「まあ、そのときは正直安心した」

負けたくなかったから、と光村はつぶやく。かと思うと急に「ああーっ」とうめいて、がくっとうなだれた。

「どう埋め合わせすっかなあ。今月もう五日しかないのに」

「そんなに厳しいの?」

数万円なら、かき集めればなんとかなる気がする。実は、私たちの仕事はオフィス仲介《ちゅうかい》以外にも売上を立てる術《すべ》がある。金額としては小さいが、いつも月末になると火災保険やウォーターサーバーなど、提携先からの紹介料が売上に加算されるのだ。

「相当厳しいよ。今日壊れたの、五十万だから」

「五十⁉」

「うるさいな、静かにしろよ」

だって、五十万なんて。余裕のある月ならまだしも、みんな絞《しぼ》り出すように数字を作っている今月だと大打撃だ。

「ここ来て、ずっとどうすりゃいいか考えてた。郷さんの門出なんだ。未達でしょんぼり送り出すわけにはいかない」

「なんでそんなに」

唇を噛《か》む光村はまだ、達成を諦めていないように見える。光村が辞めるわけじゃない。辞めるのは郷さんだ。いくら尊敬してるといっても、なんでそんなに頑張れるんだろう。

「郷さんには感謝してるんだ」

私の疑問を察したように光村が言う。

「俺、郷さんがいたからカースト制度から抜け出せたようなもんだし」

「カースト制度？」

「前の会社の話だよ」

光村が高校を出てすぐ就職した複合機のメーカーは、学歴によって待遇が違ったのだという。どれだけ頑張っても、大卒組の方が早くに昇給し役職を得る。全《まった》く結果を出していない大卒の後輩が自分より高額な給料をもらっていると知ったとき、光村は全てがどうでもよくなった。早く働き始めることのなにがダメなのか、どうしても納得できなかった。

「それで転職活動を始めた。法人営業中心に探して、うちの面接で郷さんに会った」

「面接に郷さんが出てきたの？」

「前の職場のそういうところが嫌だって正直に話したら、関ヶ原さんが郷さんを連れてきてくれたんだ」

懐かしむように光村は目を細める。

「へえ、大卒ってだけで金もらえる会社があんの？」

当時新卒だった郷さんは、光村の話に目を輝かせた。「いいなあ」とまでこぼす郷さんに、この会社はないなと光村は思った。でも郷さんの次の言葉でその印象はひっくり返された。

「羨《うらや》ましいけどさ、大卒だからってもらえる金で食う飯よりずっとうまい飯があんだよな」

なんだかわかるか？　と郷さんはいたずらっぽく笑いながら言った。

「たくさん売って、達成して、もらったインセンティブで食う飯だよ。同じ店でも全然味が違う。入社したら俺がインセンで奢《おご》ってやるから、そのうちインセンで奢り返してくれよ」

インセンティブの話ばっかりするなよと関ヶ原さんは郷さんをたしなめたが、『インセン』を特別視する郷さんが、光村には刺さった。インセンの前ではみんな平等で、学歴なんて関係ないんだ。この会社で頑張れば、本当にインセンがもらえて、本当にうまい飯が食える。

入社してすぐ、郷さんは約束通り光村を飲みに連れていき、インセンで奢ってくれた。光村が初達成したときはちゃっかりタカってきた。三回奢られて一回奢る、奢られるたびに大きい顔をされて、次こそ自分が奢るぞ、と息を巻く。そういう郷さんとのやりとりが自分にとっては支えでやりがいだったのだと、光村は明かした。

私には全然ぴんと来ない。営業同士の繋《つな》がり。そういうものがあったから、光村は「社内の人のわけがない」と言い切れるのか。

早乙女さんも、そうなのだろうか。早乙女さんがこの会社で過ごした八年間について、私は何も知らない。でも結果は知っている。神野《かみの》社長や関ヶ原さんから頼られ、信用される早乙女さんの今を知っている。

私はどうだろう。きっとまだまだ足りない。人の配慮《はいりょ》や優しさに甘えるばかりで、双方向の繋がりや信用を築けていない。だから簡単に疑心暗鬼になった。こんなのは寂しい。もしまた似たようなことがあったら、「社内の人のわけがない」と私も手放しで言えたらいい。「藤本さんのわけないですよね」と直接聞けたらいい。今からでもまだ、巻き返せるだろうか。

前回以上に冷たくなった回鍋肉《ホイコーロー》を食べて、そろそろ会社に戻るかと、二人とも重い腰を上げた。会計の最中、おばさんが光村に声をかける。

「不動産屋さん、どっかいい場所紹介してよ」

「陳《ちん》さん、ごめんって。前も言ったけどキッチンカーは専門外なんだよ」

光村は申し訳なさそうに手を合わせる。前にあった外のワゴンは撤去《てっきょ》されていたが、陳さんはまだ弁当販売を諦めていないらしい。行くたびに聞かれるんだよなあ、と光村がぼやく。

「ねえ、五十万円、なんで壊れたの？」

道玄坂を下りながら私は光村に聞いた。自分の案件は二度も壊れ、どっちも特殊な状況だった。人の契約がどんなふうにして壊れてしまうのか知りたかった。「嫌なこと聞くなよ」と顔をしかめつつ、光村は教えてくれた。

「何人かが、同時に動いてたんだよ」

「何人かが……どういう意味？」

「はあ、それでよく仲介営業してたなあ。企業相手の商売だと、割と起きやすい事故だよ。だから注意してたつもりだったんだけどな」

思い出したら気分が沈んだのか、光村がため息をつく。白い息がふわふわと漂って消えた。

「俺がやりとりしてたのは、執行役員の総務部長。正式な社内決裁はこれからだったけど、仮申込みも出て、ほぼ問題ない感じだった。でも、たまたま同じタイミングで、社長がネットで新築物件を見つけて、別の仲介で内見しちゃったんだよ」

「光村はその物件を紹介してなかったの？」

「してない。決まってた予算よりだいぶ高かった。エリアも対象外だったし」

それでも社長はその物件をいたく気に入り、光村が進めていた申込みはキャンセルされた。光村さんにはあんなによくしていただいたのにと総務部長は終始申し訳なさそうにしていたが、オーナーは直前のキャンセルを怒った。関ヶ原さんも光村を注意した。「ちゃんとお客さんをグリップできてたら起きなかったはずだから、同じミスはもう許されないよ」と。

「それって、けっこう厳しくない？」

私は言った。フォローしたいわけじゃなく、率直《そっちょく》な感想だった。会社と会社で取引する以上、どうしても会える人数は限られていて、担当の言うことを会社の総意として見るしかない。どれだけ他の人の意見を知りたくても、会社としての意志なのかを確認する相手は、けっきょくその担当しかいないのだ。

「厳しいけど、まあ、反省はした」

光村は言った。

「お客さんのこと、会社っていういっこの塊《かたまり》として見ちゃうけどさ、会社も人の集合体なんだよな。社長だってネットで物件を見るし、思いつきで内見に行くこともあるし、一人一人がばらばらに動くことだってあるよなあ……」

ビルに到着し、エレベーターに乗ると二人とも無言になった。気が重いのだ。光村はこれから五十万円の穴埋めを、私は自分が東京パイル社にしてしまったことを早乙女さんに報告しなければいけない。

戻ると早乙女さんはリクライニングチェアに寝転がり、電話をかけていた。

「何回も言いましたけど、看板に爽やかな男の人の写真とかは出さないでくださいよ。いかがわしいお店と間違えられちゃう？　まさにそうです、あはは」

鞄《かばん》を置きながら、ぐっと奥歯を噛《か》み締める。疑心暗鬼になってから私はぎこちない態度を取り続けていたし、何より早乙女さんは遥《はる》か遠くの展示会にまで、一緒に行ってくれたのだ。会長の態度の急変は、私の失言のせいだったなんて本当に申し訳ない。言いにくい。でも言わなきゃ。顔を上げる。

「早乙女さん」

「そういえば、咲野さん」

二人の声が重なった。「先いいよ」と早乙女さんが体を起こし、私の方へ向き直る。私は立ち尽くしたまま、重たい口を開いた。

「東京パイル社がおかしなことになったのは私のせいだったんです。私が会長に、失礼なことを言ったから」

「失礼なこと？」

「はい……私がお客さんのこと、ちゃんとリサーチしなかったのが原因で……」

ホワイトボードを早乙女さんの方に向けて、順番に話した。吉峰社長から聞いた地雷の話、会長が大事にしていたPPタオルのこと。ろくに背景を把握《はあく》せず、会長の気持ちを踏みにじるような、適当なおべっかを繰り出したこと。

私が話を終えると、いつも開いている早乙女さんの眉間《みけん》がかすかに寄った。

「なるほど。会長は咲野さんの失言のせいで契約をやめた、と」

容赦《ようしゃ》ない確認に、私は頷《うなず》くしかない。早乙女さんは質問を重ねる。

「ゴールデンウィーク明けの電話のときに、NGタオルの話題を振らなければ、今頃東京パイル社と契約できてたってこと？」

「……はい」

声を絞《しぼ》り出す。早乙女さんは考え込むようにこめかみを叩き、

「今の話で確信したよ」

と顔を上げる。

「たぶん前提が間違ってたんだ。『鞍替《くらが》えするから冷たい態度を取った』って考えてたけど、鞍替えと会長の態度は関係ないんだと思う」

「いえ、でも会長は私の失言のせいで鞍替えを……」

今ひとつ呑《の》み込めない私に、早乙女さんは問いかける。

「会長は電話で『今後はビズオフィスにお願いする』って言ったんだよね」

「はい」

「間違いないんだよね、そこは」

早乙女さんの言いたいことがなんなのか、わからないまま首を縦に振った。ビズオフィスの社名を二回も聞き間違えたのだから、間違いなかった。

「その場で瞬間湯沸かし器みたいにキレたなら、『他の仲介《ちゅうかい》を探す』とか『担当を替えろ』とかそういう言葉のチョイスになるはず。ビズオフィスの名前が出たってことは、電話する前から、東京パイル社がビズオフィスを使うことは決まってたんじゃないかな」

私と電話する前から？　衝撃で頭がぐらついた。

「それはつまり、会長が、私とビズオフィスを同時並行してたってことですか」

「そうじゃない！　光村くんの案件の話を関ヶ原さんから聞いてさ、やっぱりそっちの可能性を考えた方がいいと思った。社内で意見が割れて案件が壊れるなんて、もはや鉄板ネタみたいなもんだし」

光村の案件——坂を下りながら聞いた話を反芻《はんすう》しながら、私はゆっくり言葉を紡《つむ》ぐ。

「会長が私とやりとりしている間に、東京パイル社の他の誰かが、ビズオフィスと話を進めた……？」

「そう！」

早乙女さんが力強く頷く。

「会長ではない誰か――会長と同じくらい権限がある人となると、社長の可能性が高いと思う――がビズオフィスとやりとりしてたのかもしれない。ゴールデンウィーク明けの会議で、会長は社長が動いていたことを知った。だから咲野さんとの取引を見送らざるを得なくなった」

会議で意見が割れた可能性については、前も早乙女さんと話した。そのときは会長が私に冷たくする理由を見つけられず、迷宮入りした。でも、もし会長の態度が私の失言によるものならば、問題を切り離せる。

「二つの事柄を関連づけたせいでややこしくなってたんだ。会長の態度については、今の咲野さんの話でいったんクリア。残る疑問は、なぜ鞍替えが起きたか。もっと細かく言うと、なぜ条件交渉まで終わっていたうちではなくビズオフィスを選んだか。いや――どうして選ぶ必要があったのか、かな」

「ビズオフィスを選ぶ必要……」

そのときデスクの上のスマートフォンが鳴った。「いいよ」と早乙女さんに促され、画面を見るとまた吹原さんからメッセージが届いていた。

〈さっき、古い投稿にスタンプくれたよね？　なんか変なところ、あったかな〉

スタンプ？　取り乱している最中に間違って何か押してしまったんだろうか。私は履歴《りれき》を確認し、ぎょっとした。

吹原さんの古い投稿に、顔を真っ赤にして怒っているスタンプを押してしまっていた。すぐに消さなきゃと思いながら、私は画面を見つめ硬直した。見覚えのあるものが写っていたのだ。

〈ビズオフィスの内定インターン終了。最後、おねだりをして、クライアントの皆様にお渡しししているノベルティを私ももらってきました。宝物が増えました〉

白い生地に今治のタグと並んだ〈懇〉のタグ。間違いないNGタオルだ。

折りたたまれている文章を開く。

〈ちなみに、このノベルティの発注がきっかけで、こちらの企業さまからはいろいろとご相談をいただくようになったそうです。一つのご縁が次に繋《つな》がる、そんな仲介の現場で働くのがより楽しみになりました！〉

たった一つの投稿に、情報が渋滞している。ビズオフィスもソーイング同様、東京パイル社にノベルティ用のタオルを発注していた。しかしそれはここ最近の話じゃない。写真の投稿日を見る。二年前。ビズオフィスは、吹原さんや私が会社に入る前から、東京パイル社と繋がりを持っていた……？

「これ……ビズオフィスの吹原さんの投稿です」

早乙女さんに写真を見てもらう。

「うちが後発だったのか……」

早乙女さんがつぶやいた。うちが後発。私もその言葉をゆっくり嚙《か》み砕《くだ》いていく。ビズオフィスでなければならなかった理由を、やっと見つけた気がした。これは最初から〈鞍替え〉ではなかったのかもしれない。バラバラに動いて、入れ替わった順番がもとに戻っただけ。後から現れてビズオフィスを戸惑わせたのは、私たちの方だったんじゃないか。

「どうしてビズオフィスは理由を隠したんでしょう。自分たちが先だったなら、堂々と主張すればいいだけなのに」

「憶測だけど……東京パイル社の秘密を、守ったのかも」

早乙女さんはパンフレットの山をちらりと振り返り、ホワイトボードに視線を戻す。そこには、私がさっき書き連ねた泉パイル工業の販売終了日が並んでいる。

「このメモの通り、社長の交代以降、泉パイル工業の商品は販売終了に追い込まれた。他にもそういう商品はあるけど、泉パイル工業は集中攻撃を食らってる」

自分の言葉でさらさら話す早乙女さんは、私から報告を受けずとも同じところに辿《たど》り着いていたようだった。

「会長が現役《げんえき》だった頃から東京パイル社の商品は売上に準じてコンスタントに入れ替わってた。泉パイル工業との共同開発商品は、シビアな選別を長らく生き抜いてきたんだ。なのに今は一枚も売られていない――なんでだと思う？」

「泉パイルの商品に重大な欠陥があったんでしょうか。それか、実は兄弟間で骨肉の争いがあって、社長は会長の大事な商品を消し去りたかった……とか」

真剣に答えたが、早乙女さんには笑われてしまう。

「もっと単純な話な気がする。原因は――タオルの産地だと思う」

「産地？」

問い返すと同時に、またスマートフォンが鳴った。今度は電話で、未登録の知らない番号からだ。この間の首塚《くびづか》の人からだったらどうしよう。放っておいても電話は鳴り続け、渋々通話ボタンを押した。

「ワークスペースコンサルティング咲野です」

「田中です」

私は絶句した。初めての電話に驚いたわけじゃない。私を驚かせたのは、その声だった。同業他社の疑いを抱き続けた、詳細不明のCU案件。田中さんの声は、忘れもしない東京パイル社会長――田中会長の声だった。


「ありがとう、ここで進めたいです」

十坪《つぼ》ほどの貸室を入口から見つめ、ゆっくり中を巡回すると、会長改め田中さんは言った。

「古いビルですけど、大丈夫ですか。駐車場も今は、空《あ》きがありませんし、オフィスを構えるには不人気な土地ですが」

立ち会ったオーナーは、早い決断への驚きからかデメリットを先に並べ始めた。

「いえ、大丈夫です」

田中さんは朗《ほが》らかに笑って補足する。

「昔この近くで、商売をやっていたもんですから」

田中さんが手持ちのメジャーで採寸したいということだったので、次の約束があるというオーナーはいったんその場を離れ、私と田中さんだけが室内に残った。

「会長、こっち持ちます」

斜めになったメジャーの端を持つと、「もう会長じゃなくなるからね」と田中さんは笑う。

「すみません、慣れなくて」

私たちは採寸を続ける。ペシ、とメジャーの揺れる音が室内に響く。

『田中』は、偽名ではなかった。これが『関ヶ原』とか『郷』とかなら気づいたかもしれない。田中じゃ気づけなかった。それが東京パイル社会長の苗字《みょうじ》であることに。

『去年は咲野さんに、本当に申し訳ないことをしてしまった』

昨日の電話で、田中さんは自ら正体を明かし、その上で内見したいと言った。今度こそ必ず、契約するからと。

そして今日。東京が誇る繊維街《せんいがい》、日暮里《につぽり》にある古いビルで私は田中さんと再会した。向けられた申し訳なさそうな笑顔は、最後に聞いた拒絶の声とはかけ離れたものだった。

「弟と私の問題に、御社とビズオフィスさんを巻き込んでしまった」

オーナーを待つ間、田中さんは当時のことを話してくれた。

「弟は、私に気を遣って移転の話題を出さなかったんだ。あの頃、あいつは苦渋《くじゆう》の決断を迫られていた」

病に倒れた兄から会社を継いだ弟は、会社を決して絶やすまいと心に誓った。幸い兄は病を克服したものの、いっときは最悪の事態も覚悟した。

既存のものを踏襲《とうしゆう》するだけではなく、新たに何か生み出さなければ——。

東京パイル社にはいわゆる看板商品がない。企業からの発注で一定の売上を担保できてはいるが、これからはいかにエンドユーザーを取り込めるかが重要になってくる。何か目玉となるものを生み出し、太い柱としなければ。

社外コンサルも入れた上で戦略を練《ね》った社長は、愛媛のタオルメーカーに目をつけ、コンタクトを取り、会合し、共同開発に乗り出した。『至高の消耗品《しょうもうひん》、それはタオル』印象的な広告で、ターミナル駅をジャックし、オンラインでの数量限定販売、ポップアップシヨップでの期間限定販売を開始。『洋服や化粧品《けしょうひん》と同じくらいタオルにこだわり、タオルを買いに街へと出ていく、そんな文化があってもいいと思うんです』とキャッチーな発言とともにビジネス誌に登場した。

世間の反応は上々。広告への投資を差し引いても、前年比を割ることなく就任最初の年を乗り切った。勝負の年である二年目、社長はこの事業へのさらなる投資を決めた。体験コーナーの設置や現地サテライトオフィスの開設、有名デザイナー監修のホームウェアブランドの立ち上げ……成し遂《と》げたいことが無数にあった。

一方で、手放さなければいけないものもあった。それも、二つも。一つは老朽化《ろうきゅう》した自社ビルだ。補強工事を行う手もあったが、移転の方がコストを抑えられる。コストを抑えられれば、その分をさらなる事業展開に回せるだろう。移転は社長にとって避けては通れないことだった。

そして、もう一つが、会長の盟友とも言える泉パイル工業との繫《つな》がりだ。

共同開発商品PPタオルのクオリティーは目を見張るものがあるが、売上規模としては小さい。会長とメーカーがこだわり抜いて開発した商品は、原価が高く、利益率も低かった。NGタオルのようにプロモーションに力を入れれば改善の余地はある。だが、それができない理由があった。

早乙女さんの言っていた、『産地』の問題だ。

泉パイル工業の所在地は大阪南部。泉州《せんしゅう》と呼ばれるエリアで、今治、三重と名を連ねるタオル三大産地の一つだ。泉州では〈後晒《あとさら》し製法〉といって、完成した後で水に晒す手法を採用している。後晒しによって、タオルは清潔で吸水性と柔らかさに富んだ仕上がりになる。

対して、NGタオルの産地である今治は〈先晒し製法〉を取っていた。

どっちもとてもいい商品であることには変わりない。違ったよさがあるのだから、そこだけ切り取って比べるのはまるで無意味だ。ただ、両方をプッシュしたとき、会社はどう見えるか。二枚舌に見えやしないか。NGタオルのメーカーの担当役員はとてもプライドが高く、今治に勝るタオルなし、というスタンスだ。機嫌を損《そこ》ね、軌道に乗り始めた事業を潰すわけにはいかない。

社長は泉パイル工業との取引を、終わらせる方に舵《かじ》を切った。田中さんが会長として復帰する頃、残るはもうPPタオルのみとなっていた。田中さんは何度も止めたが、社長の意志もまた固かった。PPタオルが販売終了となるのも時間の問題だった。

「ただでさえそんな感じだったから、弟は移転の話を言い出しにくかったんだろう。パートナーに自社ビル、二つも大事なものを奪ったら、私がまた病床に逆戻りするかと思ったのかもしれないね」

田中さんは苦笑する。

「私としても移転が後手に回るのはよくないと思った。ビルは老朽化が進んでいたし、NGタオルの影響で求人への応募もすごく増えたんだ。優秀な人材に来てもらうにも、綺麗《きれい》なビルの方がいい。いっそ私からお膳立《ぜんだ》てしてやったなら弟も余計な気を遣わずに済むと思った」

そして田中さんは、ワークスペースコンサルティングに問い合わせた。私と青洋ビルディングを見に行き、有利な条件を勝ち取り、話を進めようとした。

全てが明らかになったのは、ゴールデンウィーク中だった。会議に先立ち、兄弟だけで話をしたときのことだ。

ここで田中さんは社長から、PPタオルの販売終了を言い渡された。望まない結論だが覚悟はしていた。決定権は弟にあるし、会社の未来を見据えた上での判断なら、責めることなどできるはずもない。

田中さんは失意を押し込め、青洋ビルディング移転について切り出した。

「PPタオルを切ったからには、もっと立派なビルに移って会社を発展させてもらわないと困るな。そこでだ、いい提案がある――」

だが、気丈に振る舞う田中さんを待ち受けていたのは、弟の困惑顔と彼が水面下でビズオフィスと進めていた移転計画の事実だった。別々に動いていたにもかかわらず、奇《く》しくも二人は同じ物件を候補として考えていた。

「仲介《ちゅうかい》を選ぶことすらできないのか！」

田中さんは声を荒らげた。よかれと思って進めたことすら否定され、頭に血が上った。

「こっちは内見まで済んでるんだ。条件回答ももうもらってる。ビズーフィスだかなんだか知らないけど、お前がそっちを断ってくれ」

「何言ってるんだ兄さん、ビズオフィスさんは一年前から相談に乗ってくれているんだぞ！」

「こっちはオーナーにまで話を通してるんだ」

話は拮抗《きっこう》したが最終的に折れたのは田中さんだった。激論の中で、感情的になった弟に言われたのだ。

「後発のものに追いやられる悔《くや》しさは、兄さんがいちばんわかっているはずだろ」

ゴールデンウィーク明け、田中さんは朝いちばんで新幹線に乗り、泉パイル工業に赴《おもむ》いた。新大阪《しんおおさか》からラッシュの狭く湿った御堂筋線《みどうすじせん》に乗り込み、縦横無尽《じゅうおうむじん》に人の行き交うなんば駅で乗り換え、南の方へと下りていった。

工場長は、一度は生死の間をさまよった田中さんが再び元気な姿を見せたことをまず喜んだ。そして言った。東京パイル社に切られたくらいで終わる会社じゃない、まだまだ俺はタオルを作り続ける、また一緒にやりたいと思ったらもう一度口説《くど》き落としにこいと、気丈に笑った。田中さんは礼を述べ、長く共に走った盟友に別れを告げた。

田中さんはぽっかり胸に穴の空いたような状態で、私に折り返しの電話をかけた。弟からは、事情を漏《も》らさないでほしいと口止めされていた。家族経営の会社が親兄弟間の揉《も》め事で取り沙汰《ざた》されることは少なくなく、そういうゴシップは会社のイメージに傷をつける。ビズオフィスとの間にも、秘密保持の契約を結ぶ予定だと言っていた。

田中さんはそれを無視して、私に全てを説明するつもりだった。急に幕を引くような不義理はできない。けれど信頼していた仲介業者は言った。『実は、青洋ビルディングのオーナーも、NGタオルを愛用されているそうです』

「あのときは、本当にすみませんでした」

私はこれ以上ないくらい深く、頭を下げた。

「いいんだよ、私が大人げなかったんだから」

田中さんは慌てたように首を振る。

「しばらく臍《へそ》を曲げてたんだがね、今年に入って考えが変わったんだ。ちょっとした、出会いがあってね」

旧知の友人の孫に会ったのだと、田中さんは言った。

「彼は経営者だった。顧客《こきやく》に配る移転のノベルティとして、NGタオルを選んだんだ。私がPPタオルを、無料同然であげようって言ってんのに、失礼な話だろ？」

田中さんの目尻に、深いしわが浮かぶ。私はぎこちなく笑うしかない。その失礼な人も、私のお客さんだ。

「ブランドには力がある——そう彼は言ったんだ。そのときは腹が立った。でも、しばらくすると不思議と腹に落ちた」

自分から会社を継いだ弟は、とにかくブランドイメージを築くことに注力してきた。そして、その会社としてのメッセージは若い経営者に正しく伝わっていた。事業としての成功を見たような気がした。

ただ、田中さんが大事にしたいのはイメージではなかった。こだわり抜いて作る、商品そのものだ。それを貫ける場所はもう、五十年前に自分が作った会社ではない。それなら同じ場所にとどまるのではなく、新たにそういう場所を作るべきなんじゃないか。

この十坪《つぼ》は、そのためのオフィス。借りると決めたとき、田中さんは今度こそワークスペースコンサルティングを仲介にしようと決めた。

もう迷惑はかけられない。たくさん見て回るのはお互い大変だろうからと自分で絞《しぼ》って、契約前提で内見をしようとした。結果、あの大量の問い合わせが生まれた。

「よし、これで測りきれたかな」

田中さんが採寸を終えてメジャーをしまい、私を真っ直ぐ見て言った。

「それじゃあ咲野さん。契約の準備、進めてください。今回は私個人だから、複雑な承認手続きなんかもない。前よりずっと早く動けます」

「かしこまりました。準備をします」

頷《うなず》いてから、私は思い切ってたずねた。

「契約、今月でもいいですか」

普通だったら怒鳴られる。もうあと五日もないのに。だけど会長は目を丸くして、何かを察したようにいたずらっぽく笑った。

「それで許してくれるなら、お安い御用です」

一月三十日、調印済みの契約書が入った鞄《かばん》を揺らしながら、坂道を駆け上がった。最近私は、走ってばかりだ。

特務室に駆け込むと、早乙女さんと関ヶ原さんが同時に顔を上げた。ホワイトボードの余白には数字がいくつも書き連ねてある。

「十万円、無事に計上できます」

息も切れ切れに私は言った。契約書を取り出して見せると、おおっと二人が歓声を上げる。私はデスクに直行し、売上管理ソフトを立ち上げた。現在の見込み達成率九十八パーセント。

そこに十万円を登録する。田中様個人、十万円。九十八・五パーセントに上がる。

「これに早乙女さんのやつ足したら、いけるんじゃないですかね⁉」

関ヶ原さんが食い気味に言って、手元のスマートフォンを操作する。

「よし、入れた！」

声に合わせて、私も更新ボタンを押す。見込み達成率：九十九・九パーセント。

「あと三万足りない」関ヶ原さんががっくりと肩を落とす。

「三万くらい、どうにかなりそうじゃないですか？」と早乙女さん。

「いつもなら余裕です。でも今月は無理ですね」

「火災保険の紹介料は？」

「全部入力済みです」

「内装やウォーターサーバーの紹介料も？」

「入ってますね……全部かき集めてこの数字です」

関ヶ原さんは腕を組んでしばらく目を閉じ、「僕が引っ越したらいいすかね？」と真顔で言った。

「それか、特務室を適当なＳＯＨＯに移転させるとか？」

早乙女さんに真顔で返され冷静になったのか、関ヶ原さんはぶんぶんと首を振る。

「やっぱり駄目だ。どっちにしろ一日じゃ契約できませんよね。ああどうするかな」

再び頭を抱える関ヶ原さんはふだんの安定感をどこかに置いてきたかのようだった。達成って、いや達成目前での未達って、こんなにも人をおかしくさせてしまうんだ。

窓の外は暗かった。最終営業日は明日で今は六時半。物件の管理会社も電話が通じなくなる時間だ。「一月三十日」は実質もう終了している。

暗い窓に映る私の顔は、郷さんが辞めると発表があったときの光村にそっくりだった。覚醒《かくせい》したように開いた目からいっさいの光が消えている。だって、信じられない。たった〇・一パーセント足りないなんて。それだけで全員の、一ヶ月間の努力が報われないなんて。

「気分転換に飯でも行きますかね」

「いや、もう何も食べる気しませんよ。もうちょい脳みそ絞ります」

そう言って関ヶ原さんは特務室を出ていく。

「じゃ咲野さん行こ」

「はい」

私の中にも帰るという選択肢《せんたくし》はなかった。会社を出ると、早乙女さんは迷いなく道玄坂を上っていく。もしかして、と思ったら陳明軒に入っていった。

「陳さんこんばんはー」

挨拶《あいさつ》しながら、早乙女さんは店の中へと進んだ。

「そこ二人も知り合い⁉」

陳さんが私と早乙女さんを交互に見て目を丸くする。

「サオトメくん。シャチョーさん最近は？」

テーブルに水を運んできた陳さんが親しげにたずねた。

「神野社長はねー、今甘酒屋さんだよね」

「今度は甘酒ー？　シャチョーらしいね。早乙女くん一緒にやらないの？」

「いやー、ずっと言われてるけど、いいかなあ」

ほとんど姿を見せない神野社長が当たり前にこの店に来ていた時代があったんだと気づかされる。創業からの八年間には人の歴史が詰まっている。

陳さんが料理を運んできた。早乙女さんが熱そうに片目をつぶりながら、五目焼きそばを食べる。私はまた回鍋肉《ホイコーロー》だ。こんなときでも変わらぬおいしさを味わっていると、私の電話が鳴った。

「あっ」ディスプレイに表示された名前を見て、私は顔をしかめた。ママだ。ママからの電話が嫌なわけじゃなくて、問題は場所だ。この店にいるとき、ママの審査は悪い方に進《しん》捗《ちょく》する。しかもメッセージではなく、電話ってなんなんだろう。嫌な予感を抱えながら席を立つ。

「もしもし」

電話を受けるため表に出ると、ぴゅうっと冷たい風が吹きつけた。

『あ！　花ちゃん？　聞いてよもうー最悪』

開口いちばん、割れに割れたママの声が鼓膜《こまく》をびりびり震わす。ママの口から最悪、なんて珍しい。

「どうしたの」

『三万、足りないんだってさ』

「え？」

一瞬、ママがどうして私の会社の状況を知っているのかと混乱した。

『私の月収よ』

ママは言った。やっと連絡がついた仲介《ちゅうかい》業者から、今度は差し戻しがあったらしい。

『あと三万円さえあれば基準に届いてご入居いただけますとか言われてさーっ、どうしたらいいと思う？　豚コーラの軒先《のきさき》販売でもでっちあげて、書類偽装とかするしかない？』

「偽装は待って！」

私は叫んだ。ブチ切れそうになっていた。ママの仲介業者に対してもだし、三万という数字に対しても。

『あいつらなんなのよーここまでやったのに』

ママも初めて、悪態を吐いている。自分を軽んじる人間なんていらない、と言っていたママも腹が立つし傷つくんだと思った。動揺《どうよう》していた関ヶ原さんを思い出した。自らを知り尽くし安定しているように見える大人でも、傷つくことを避け切れない。きっと私なんてなおさらだろう。だったらもっと、捨て身になってもいいのかもしれない。

捨て身になったら、三万円をどうにかできないか。目が3のかたちになりそうなくらい考える。本当に何もないか。三万円を生み出す、何か。

そのとき、強い風が吹いてくしゃみが出た。鼻の下を擦って瞬きをして、顔を上げた。外壁に貼られた紙が、目に飛び込んできた。

〈大募集〉

太字の下に、書き殴《なぐ》ったような文字が並ぶ。

〈お弁当販売できる場所、探してます！　好立池のガレージご紹介下すった方には、紹介料をお支払いします！　陳〉

好立地が好立池になっている。陳さんに教えてあげなきゃ。直後、雷に打たれたようになる。ピンクのラーメンに怒っていた、下田精肉店のおじさんの声が蘇《よみがえ》る。ただでさえ、手頃でうまい店が少ないのに――。

「ママ」私は言った。「ママ、ガレージ貸して」

『ガレージ？　何、花ちゃん車買うの⁉』

「買わないけど、ガレージを今すぐ、貸してほしい――それで三万円なんとかなるかもしれない」

電話を切って、店内に駆け込んだ。

「早乙女さん、出る準備してください」

「えっ、まだ半分くらい残ってるんだけど」

早乙女さんが箸《はし》を持ったまま不思議そうに私を見上げる。

「陳さん！」

時間がない。早乙女さんを無視し、私は厨房《ちゅうぼう》の入り口から叫んだ。巨大なタッパーに入った杏仁豆腐《あんにんどうふ》を小皿にわけていた陳さんが振り返る。

「何？　お水？」

「ガレージ」

「ん？」

「お弁当のガレージ、紹介できます。お弁当を売るためのガレージ」

陳さんの顔色が変わる。タッパーを置いた陳さんに私は畳《たた》みかけた。

「ここから車で十分ちょっと。駅近、商店街のすぐそば、競合なしで、三万！」

「本当？」

「今から、見に行きましょう」

「今から？　ムリよ、お店まだ開いてるし」

「もし来てくれたら……明日たくさん、三万円くらいお弁当買う！」

「えっ咲野さんその三万って何？」

「三万⁉　それホント⁉」

　驚く早乙女さんの声と、鋭い陳さんの声が重なる。陳さんはエプロンを外し、店の奥で調理をしているおじさんに中国語で何かを叫ぶ。「そんなの困る」というようなことをおじさんは叫び返したようだったが、陳さんが鋭い声で屈服させた。

「ちょっと待ってて」

　どこかから取り出したダウンコートを片手に陳さんが外へ出ていく。すぐにバンが店前に停まり、クラクションが響いた。

「早乙女さん、行きましょう。移動しながら説明します」

　どうにか五目焼きそばをかき込んだ早乙女さんと後部座席に乗り込む。いつもと逆だなと思った。何が起きているのかわからない早乙女さんを、ゴールまで見えている私が連れていく。いつもの仕返しだと、少しだけ意地悪なことを思う。陳さんが私の伝えた住所をセットし、発車した。

「大学時代にバイトしてたお店が、今度閉店するんです」

　後部座席で早乙女さんに説明をする。

「そこのママが引っ越すんですけど、ファイナンシャルプランナーのオーナーとやる気のない仲介がタッグを組んでて、月収が三万円足りないって言われてます」

「なるほど、その三万が、陳さんからの使用料でクリアできるってこと？」

「はい」

　そしてうちには三万円の紹介料が入る。

「気に入らなかったら借りないからね！」

　釘を刺すように運転席の陳さんが叫ぶ。

　ただの無駄足になるかもしれない。でも不思議と心は凪《な》いでいる。上から下へ水が流れていくみたいに、向かうべき場所へ向かっていく感覚だ。

　到着時間をカーナビが告げた。「わからないからね」と繰り返していた陳さんはだんだん無口になっていった。商店街の近くまでくると、「坂がない」とつぶやいた。吟味《ぎんみ》するような眼差《まなざ》しが、フロントミラーに映っていた。そして『スナックやまもと』の前で車が停まる。

「あらーこんばんは！」

　ママはすぐに店を飛び出してきた。開いた扉の隙間《すきま》から、下田精肉店のおじさんが見えた。梅酎《うめちゅう》ハイに頬《ほお》を擦り付けながら、「大豆肉を否定するわけじゃないのよ、ただラーメンに浮かべるのだけは堪忍してほしいわけ」と他の常連さんに大声で愚痴《ぐち》っている。

「いつでも貸してあげるわよ！　明日からでもね！」

　とママはすでに決まった話をするみたいに、早乙女さんの肩を叩いた。

「あの、僕じゃなくてこちらです」

「ああっ、ごめーん！」とママは陳さんに向き直る。

「キッチンも必要なら貸せるわ！　それは私が引っ越してからになるけどね！　あとはビラとかあるなら店で配っとくわよ」

　早口でまくしたてると、ママは新しいバイトを迎え入れるような距離感で陳さんに手を差し出した。そのしわしわの手を、陳さんはじっと見つめたあと、ゆっくり握り返す。

　二人の固い握手を見て思った。陳明軒に行くたびに発生していた、ママからのよくない報告。不吉なジンクスなんかじゃなかった。

　これで陳さんはすぐに弁当販売をスタートできる。ママはすぐに三万円の家賃収入を得られる。二人の契約を記した契約書は、ママの月額三万円の収入の証拠になる。もう文句はないだろう。これ以上何か言ったら、今度こそうるさいと言ってやる。そんな物件にママは渡さない。

　会社に戻ると、時計は九時を回っていた。

　時間がなかった。明日の午後までには契約書を完成させ、両者の押印《おういん》まで進める必要がある。ワークスペースコンサルティングでは初期費用の入金と契約書の調印の二つが揃って、やっと売上を計上することができる。

　関ヶ原さんへの報告に向かう。フロアにはまだたくさんの営業が残っていた。みんな血走った目でノートパソコンの画面を見つめている。関ヶ原さんならさっき出かけたと、館林さんが教えてくれる。

「三万円だけ足りないなんて。不甲斐《ふがい》ない……」

　がっくりとうなだれた館林さんに、早乙女さんが耳打ちする。

「館林さん、実は、全社達成、いけるかもしれません」

「えっ」と館林さんが声を上げると同時に、ガタッと音がした。斜向かいの席でノートパソコンを睨《にら》んでいた光村が勢いよく立ち上がった。小声だったのに、耳ざとい奴だ。

「それ、本当ですか」

「どうにかする」

　私が言うと、光村はふらふらと近づいてきて、「なんでも手伝う」と頭を下げた。私と張り合うことなんてとっくに忘れたようで、顔を上げた光村の目には色濃い疲労と、かすかな光が宿っている。

　作業は特務室で行われた。私は初めて、有資格者としての早乙女さんを見た。

「そしたらこっちでベースを作ってく。二人は特約で入れた方がいい内容を揉《も》んで。光村くんが主導して。なるべく双方にとって公平な内容になるように、懸念《けねん》事項は全部洗い出して一つずつ潰して」

　いつになくてきぱき指示を飛ばすと、早乙女さんはリクライニングチェアに飛び乗り、あぐらの姿勢で高速タイピングを始めた。私と光村も互いに目配せし、デスクのそばに座り込んで作業を始める。

　虫がわいたら誰の責任になるのか、近隣からのクレーム対応はどうするか、臭気《しゅうき》の問題はないか、声出し販売や看板設置はどこまで許可するか……金額としては小さな契約だとしても、決めることは膨大《ぼうだい》にあった。そしてこの契約に、全社達成がかかっている。ママと陳さんの未来も。

「そこは、『協議の上』でいいと思う。明記するとかえってがんじがらめになる」

　私が盛り盛りにした文言たちを、光村が経験に基づいて間引き、より要点をわかりやすくしていく。

「オッケー、土台はできた」

　タンッととどめのような音とともに、早乙女さんがノートパソコンを抱え、私たちの作業に加わった。私と光村が相談して決めた荒削《あらけず》りな文言を、早乙女さんが加工しながら特約として盛り込んでいく。

「えーと、この看板ってサイズの制限とかは——」

　キーボードの音、プリンターの音、紙の音、三人の声。リクライニングチェアがあって、その上にお菓子の山があっても、ここは不動産会社の特務室なんだと実感する。出力し、トリプルチェックし、誤字《ごじ》を修正し、追記し、出力してまたトリプルチェックする。

「できた」

午後十一時半。私たちは完成した契約書を見つめていた。

売上管理ソフトを開いて、案件を登録する。陳様、三万円。更新をかける。見込み達成率、百パーセント。しばらくぼんやりその数字を見ていた。無だった。達成直後って、こんな感じなんだと初めて知った。でも、去年の私が両足を突っ込んでいた無とは違う。嵐の前の無だ。遠くから、喜びや、感激や、叫びたい衝動が、どこどこと大きな足音を立てて近づいてくる。そういうもの全部、あますところなく感じるための、無だ。

「はあー疲れたねー」

早乙女さんはリクライニングチェアの脇に両腕を垂らしてぐったり脱力したかと思うと、ほとんど間を置かずに寝息を立て始めた。

「助かった」

光村が早乙女さんの方を見てつぶやく。

「本当に助かりました」

疲弊《ひへい》は消えて、光村の目は濡れたように光っていた。今にも溢《あふ》れそうなそれを、引き結んだ唇が食い止めている。冷蔵庫から甘酒を取り出して渡す。

「これって社長の？　なんで？」

「早乙女さんを甘酒屋に引き抜きたくて、送ってきてるっぽい」

いつだったか、関ヶ原さんが集中室で話していた内容をこっそり伝えた。光村は甘酒を飲みながら、「そっか」と頷《うなず》く。

『早乙女さんと二人とかキツくね？』

いつだったかエレベーターで、にやにや笑いを浮かべていた光村はもういない。

「おつかれよかったまだいた！」

突然勢いよく扉が開いて、関ヶ原さんが入ってきた。鼻の頭が赤く、上着は冷たい外気をまとっている。寝ている早乙女さんと珍しく特務室にいる光村を不思議そうに見つめた後、関ヶ原さんは私のほうを見て一枚の紙を差し出した。

「咲野、これブッカク朝一頼めない？」

ワンルームマンションのチラシだった。

「俺、そこに引っ越すわ。今、外観だけ見てきたら、いい感じだった。前から引越し先探してたからさ、ちょうどいい機会だな」

そうは言っても、関ヶ原さんの表情は強張《こわば》っている。見てきたと言っても、夜に外観だけ見たところで何もわからないだろう。

「大丈夫です」と私は言った。

「咲野はブッカク早いもんな」

「いえ、大丈夫なんです」

できたての契約書を差し出し、寝ている早乙女さんの代わりに伝えた。

「特務室は明日、三万円を計上します」

「みなさん、一月もおつかれさまでした」

関ヶ原さんが感慨《かんがい》深げにフロアを見渡す。前へと呼ばれた光村が、ビールの入った紙コップを持って、一歩前に出る。

フロアには中華のにおいがじゅうまんしていた。フリーアドレスデスクには、陳さんに大急ぎで作ってもらった大量のお惣菜《そうざい》がのっている。

光村はすうっと息を吸い込み、ガバッと頭を下げた。

「今月は最後の最後で、迷惑かけてすみませんでした！　営業として、自分の足りない部分が出た月でした！　でも、みなさんの協力で、郷さんが最後の月に、こうして無事に」

「さっきも聞いたぞー、光村！」

光村の声が震え始めたとき、郷さんがメガホンのように両手を構えて声を上げた。みんなが笑い、光村も照れ臭《くさ》そうに笑いながら、改めて紙コップを掲《かか》げて叫ぶ。

「では改めて、全社達成おめでとうございます！　郷さん、今までありがとうございました！　乾杯！」

乾杯の声が呼応する。みんなが紙皿を片手に料理に群がる。

一月三十一日、最終営業日。今月の打ち上げは、オフィスでのケータリングになった。

送別会にしては質素だが、不満の声はない。

私も回鍋肉《ホイコーロー》を紙皿にとった。店で食べるより冷めているのに、なんだかすごくおいしく感じる。郷さんの言う「インセンで食う飯はうまい」って、こういうことか。

自分たちしかいない気楽さからか、会社での打ち上げは大いに盛り上がる。たくさん飲まされた郷さんは、最初は上機嫌にげらげらと笑っていたが、だんだん「辞めたくねえよお、まだここで働きてえよお」と嘆《なげ》き始め、赤い顔が梅干しのおにぎりのようだとみんなに笑われていた。

「咲野ちゃん、今月もすごかったね！」

藤本さんがお惣菜を盛り付けたお皿を持って、隣にやってくる。藤本さんを見ると、心がちくっと痛んだ。一瞬でも疑ってごめんなさい、といつか笑い話にできたらいい。

「本当に運がよかったです」

「運も実力のうちでしょ。ねえ、あの髭《ひげ》クラブって何？　いきなり三十万円が計上されたからびっくりしたよ」

「あ……そうですね」

私はもごもご口ごもる。今月、咲野（特務室）の売上欄《うりあげらん》には四十三万円と記載された。うち十万円は田中さん、三万円はガレージ、そして三十万円は早乙女さんがひっそり進めていた案件『髭クラブ』だ。髭を中心とした男性用の体毛デザインサロンで、植毛・脱毛のどちらもできるのを売りとしている。名前と概要《がいよう》からして誰もが手放したがりそうな怪しい問い合わせを、早乙女さんは途中から「いける」と踏んで打ち合わせや内見を重ね、契約までこぎつけた。ときどき外に出ていたのもそのためだったらしい。なぜか私が契約したことになっているが、会社として初めて、ＣＵ案件から事務所以外の案件を拾うことができた。

「藤本さんは彼氏と順調ですか」

「あ、うん。咲野ちゃんにはどこまで話したっけ」

話を逸らすと、藤本さんは最近できたばかりのエンジニアの彼氏について話し始める。毎週金曜日の長い戦いを経て藤本さんが決めた相手はいったいどんな人だろう。写真を見たいと言ったら、快《こころよ》く見せてくれた。どこかの神社を背景に撮った全身の写真を見て驚いた。縦にも横にも藤本さんの二倍くらい大きく、郷さんをさらに大きく堅強なおにぎりにしたような人だった。

「すごく……たくましい感じの人ですね」

「郷くんじゃないけど、おにぎりみたいだよね」

せっかくオブラートに包んだのに、藤本さんの方から言ってくる。薄いチークの塗られた頬《ほお》が、嬉しそうに盛り上がる。藤本さんは酔っているのか、理系最高、エンジニア最高、と褒《ほ》めたたえた後、ぽつりとつぶやく。

「やっぱ、営業マンとは合わないな私。特にね、同業だと最悪」

「同業者との飲み会もあったんですか？」

私が聞き返すと藤本さんは、んんー、と小さく唸《うな》ったあと、「これね、誰にも言ってないんだけど」と声を低くして、ちょいちょいと私を手招きする。誰にも聞こえない距離で囁《ささや》かれた秘密に、私は目を瞠《みは》る。

「咲野！　藤本さん！　集合写真撮るから！」

そのとき光村がわたしたちを呼んだ。

「秘密だからね」

藤本さんはいたずらっぽく笑い、私の手を引いてみんなの輪の中に加わる。

「俺、撮ろっか？」

スマートフォンを掲げる光村に、申し出たのは早乙女さんだった。考えてみれば、早乙女さんが打ち上げに参加しているのを初めて見た気がする。社内なら楽ちんだから？　もしかして、郷さんを見送るためだろうか。

「早乙女さんは入らなきゃダメです！　全員で撮りましょう。タイマー使います」

光村はみんなの輪の方へ早乙女さんの背中を押した。渋々後列に加わった早乙女さんを見て、満足げに頷く。

「十秒後にシャッターです！」

叫びながら駆けてきた光村を、みんなが郷さんの隣に押し込んだ。

「今何秒？」「もう撮られた？」「まだです！」

声が飛び交い、やがて小さなシャッター音が響く。郷さんのいる、最後の集合写真だ。無事に達成した月の、集合写真だ。

また採用サイトに使えるような写真が撮れればいいな、と思う。でも無理かもしれない。郷さんと光村のみならず、関ヶ原さんまで軽度の梅干しのおにぎりになっていたから、これもお蔵入りになるだろう。


週末、昼すぎまで爆睡して目覚めると、私にしては珍しくたくさんのメッセージが入っていた。ほぼママからだった。

〈審査完了〉たくさんのハートと喜びのスタンプ。合計で八通も来ていて、笑ってしまう。よかった。ママの望みが叶ってよかったし、寂しいよりもよかったと思えて、よかった。

メッセージはもう一通来ていた。ママとのやりとりを閉じて、はっとする。吹原さんだ。間違えて怒りのスタンプを押したというのに、すっかり返事をしそびれていた。月末のドタバタに呑《の》まれてしまったのだ。

〈やっぱり怒ってるよね、ごめん〉

吹原さんにしては珍しい、元気のない文面に首を傾《かし》げる。私が間違えて押したスタンプのことを気にしているんだろうか。返事をするとすぐに既読がついて、その夜、お互いの家の中間地点のカフェで会った。

吹原さんの顔は白かった。私が正面に座ると、うなだれるように頭を下げた。

「ほんとにごめん、東京……P社さんのこと」

吹原さんの口からその名前が出たことに私は驚いた。吹原さんは続けた。

「実はP社さんを担当したの、私だったの」

「えっ、堤さんじゃなかったの?」

「最初は、堤さんだった。でも、契約したのは私なの」

吹原さんはぽつぽつと、そのときのことを話した。二年前、ノベルティ発注により繋《つな》がりのできたビズオフィスと東京パイル社は、時間をかけて移転計画を進めていた。

堤さんは定期的に東京パイル社に足を運び、社長との信頼関係を地道に築いていた。社長は慎重で、ニーズはあるものの時間はかかりそうだと堤さんは認識していた。

この案件に、吹原さんは偶然関わることになる。堤さんが部下のトラブル解決に借り出され、東京パイル社とのアポに行けなくなった日があった。手が空《あ》いていたのは、入社して間もない吹原さんだけだった。

ひとまず吹原さんが物件資料を渡し、社長からの質問があれば預かってくる、という流れになった。吹原さんはどきどきしながら資料を届けにいった。

「世界中の人に、ＮＧタオルを知ってほしいです」

社長と名刺《めいし》交換を終えた吹原さんは言った。粛々《しゅくしゅく》と書類を届けて帰ってくるだけのつもりが、つい気持ちが先行した。

インターン時代、ノベルティのタオルを手に取ったときから大ファンだった。柔らかな肌触りと吸水性に感動し、友人や家族にプレゼントしたらとても喜ばれた。箱を開けてタオルに触れた瞬間、みんなの顔に笑顔が広がっていく。

「自分は新人ですし、今日は代理に過ぎませんが、大好きな商品を作る東京パイル社様の移転に少しでも関わることができてとても嬉しいです」

吹原さんの言葉は、おそらく社長に刺さった。物件資料をめくり、社長は初めて吹原さんに依頼した。

とある物件の内見の手配をしてほしい、と。

「俺はサブに回るから、吹原がメイン担当をやろう」

思わぬ進捗《しんちょく》を受け、堤さんは吹原さんに案件を譲《ゆず》った。吹原さんも私と同じで、ビズオフィス初の女性営業だった。いいスタートを切って自信をつけてもらいたいという堤さんなりの親心だったのだろう。

吹原さんは青洋ビルディングに電話をかけた。内見予約をするためだ。だが青洋ビルディングのオーナーは困惑したように言った。

「東京パイル社さん、先日もお見えになりましたよ。別の仲介《ちゅうかい》さんにもお声がけされてるんじゃないですか」

　まさか、と思った。堤さんは二年もの間、社長とやりとりを重ねてきたのだ。吹原さんの目から見ても、社長は複数の業者に声をかけて競《せ》り合わせるような人には見えなかった。吹原さんは社長にアポを取り、事情を話した。社長もひどく驚いたようすだったが、「もしかして」と思い至ったように言った。

「うちの兄が動いているのかもしれない。連休中に別件で話すことになっているから、そのときに確認します」

「何かわかったら、連休中でも繋がりますので、お電話ください」

　そしてゴールデンウィークが後半に差し掛かった頃、吹原さんは社長からの連絡を受けた。

「やはり兄でした。ワークスペースコンサルティングのサキノさんという方が営業担当で、今、そちらを断ってもらうように説得しています」

　これが鞍替《くらが》えの話に繫がる。ワークスペースコンサルティングが外れ、ビズオフィスが東京パイル社を仲介することになった。

　仲介同士の話し合いに、吹原さんは出席を許されなかった。堤さんが止めたのだ。経緯を明かすこともできない、ただ謝るだけの打ち合わせに、新人の吹原さんを出席させるわけにはいかない。下手《へた》をすれば、ビズオフィスの新人が案件を横取りしたと悪評が立つリスクもある。堤さんは表向きの営業担当として話し合いに参加し、吹原さんをトラブルから遠ざけた。

「咲野さんだって、頑張って進めてたはずなのに。本当にごめん」

吹原さんはテーブルと向き合うように、深く頭を下げる。私は驚いて何も言えない。ただ、吹原さんが似た状況にいたんだと気づく。私たちは守られていた。トラブルのど真ん中にいるのに、台風の目に入ったみたいに守られて、関わることを許されなかった。

「気にしてないよ」と言いかけてやめた。仲介として半端だった自分に、吹原さんを許したり責めたりする権利はないように思えた。

「吹原さんに担当してもらって、お客さんも嬉しかったと思う。私なんて、NGタオルを使ったことすらなかったんだよ。その前の、会長が作ったタオルのことだって何も知らなかった。だから――吹原さん？」

吹原さんの額がどんどんテーブルに近づいていく。もしや、寝ている？　覗《のぞ》き込もうとしたとき、消え入りそうな声で吹原さんが言った。

「謝ることが、もう一つあるの」

スマートフォンを差し出される。画面を見ても、どういうことかわからなかった。消えたはずの〈野に咲く花〉のアカウントが表示されていた。電池のマークが二重になっているから、たぶんスクショだろう。

「咲野さんのこと、P社の件がある前から、名前も顔も知ってた」

吹原さんはテーブルに向かって話した。いったんテーブルにぶつかってから私のところに届く声は、合同新年会のときの吹原さんとは別人みたいにくぐもっていた。

「すごい新卒女子がいるらしいって、堤さんから聞かされて知ってたの」

「な、なんで堤さんが」

そう聞き返しながら、私は思い出す。そこに繋がるルートの存在を。

「ビズオフィスの人と、一瞬いい感じだったんだよね」

打ち上げの最中、藤本さんは声を潜め、私に言った。

「仕事できそうで、イケメンで感じもよくて、でも何回か会った後に、『やっぱり競合だとどうしても藤本さんを情報源として見てしまう』とか言われて終わったの。だったら最初から誘うなって感じだよね。会社単位で人を見るなんて馬鹿みたいだし、いい人ぶった断り文句だよね」

藤本さんが「Bの奴ら」と嫌そうにしていたのは、その影響もあったのかもしれない。

「堤さん、たまにワークスペースの人と飲み会？　かなんかやってたらしくて、情報が入ってきたの。何回か言われた。ワークスペースの新卒も唯一の女性営業だって。まもなくでっかい案件決めるらしいから負けないように頑張れよって」

競合する仲介業者にいる、同期の女の子。尊敬する堤さんが何かと引き合いに出してくるので、どうしたって意識した。気になって、ホームページを見に行った。新卒だからかまだ情報がなくて、ＳＮＳで検索をかけたら別のメンバーのアカウントに行き当たった。ワークスペースコンサルティング営業光村。光村は四月の頭に集合写真をアップしていた。

〈今日は新歓！　新しい仲間も加わって、身の引き締まる思いです！〉

写真に女性は二人だけで、片方はホームページで見た経理の人だとすぐにわかった。口角を無理矢理引き上げ、固い笑顔を作ってるもう一人が新卒だ。そんなにすごいんだ。どうすごいんだろう。大きな案件って、いくらくらいの、どんな案件なんだろう。知りたい。

そんな気持ちがあったから、ゴールデンウィーク中に社長からの連絡を受けて、吹原さんの感情は荒れに荒れた。ワークスペースコンサルティングが介入していたこと、その担当がずっと気にしていた存在だったこと。ダブルパンチを食らったような気分だった。

吹原さんは家でウィスキーを開けた。昔からお酒が強く、手っ取り早く酔うには度数の高い酒が必要だった。氷で割っただけのウィスキーは吹原さんのテンションを引き上げてから奈落へと突き落とした。溢《あふ》れ出した負の感情の受け皿となったのがＳＮＳだった。就活のストレスで作って、ときどき焼却炉《しょうきゃくろ》のように使っていたアカウントだ。

どうせ姑息《こそく》な手でも使ったんだ、そうに決まっている、そんな奴を使う方も使う方だ、そのじいさんさえいなければ、ちゃんと私が選ばれるのに。誰にもフォローされていないのをいいことに、好き勝手言った。

負け犬の遠吠えみたい、と酔った頭が自分を憐《あわ》れんだ。「くそぉお」とうめいて、投稿を全部消して、営業光村が投稿していた集合写真をアイコンにして、名前を変えた。このアカウントは私じゃない。負け犬じゃない。だからこんなひどいことを言うのも私じゃない。

〈ピーシャのジジイはタオルに埋もれて消えちまえ〉

魔物に取り憑《つ》かれたような夜が明け、手の中のスマートフォンを見た吹原さんは仰天《ぎょうてん》した。怖くなってログアウトした。せめて消さなければと再ログインしようとしたらパスワードが違います、と表示された。

ログインしっぱなしだったせいで、パスワードを覚えていなかった。思いつく限り試したら、何回目かでロックがかかり、ログインできなくなった。投稿を消すことも、アイコンを変えることもできなくなった。

違反報告が重なればいつか消えると嘘か本当かわからない情報をネットで見たが、試してみてもなかなか消えなかった。

「咲野さんが交流会に来たとき、本当に心臓が飛び出るかと思った。でも気まずければ気まずいほど、普通に振る舞っちゃうの」

懺悔《ざんげ》するべきか迷いながら、吹原さんは私に連絡をとっていた。私から怒りのスタンプがついたときは死刑宣告を受けたような気分だったらしい。吹原さんは最後までつむじを見せたまま、話を終えた。

「……」

どんなリアクションが正解なのかわからなかった。あのスタンプみたいに烈火のごとく怒り出すべきか。「誹謗中傷《ひぼうちゅうしょう》で訴えてやる」といきりたつ自分や、「どうしてそんなひどいことを」とさめざめ泣く自分を思い浮かべようとした。ダメだった。どっちもぼやっとして像を結ばないのは、私の感情がその両方ともかけ離れているからかもしれない。

「タオルに埋もれろはひどすぎるよ」

「……ごめん、どうかしてた」

「あの投稿、急に消えたんだけど、どうしてだろう」

まさかと思って聞いてみる。吹原さんの頭がかすかに揺れて、「起きたときと寝る前と行き帰りの電車で、違反報告してたから、毎日」とつぶやく。

自分を傷つける人間なんて、自分の人生にはいらないの、とママは言う。たしかにそうだ。でも、私の目の前にいる吹原さんは、現在進行形で私を傷つけにくる人ではない。私を傷つけたなりすましアカウントは、違反報告に埋もれて消えてしまったし、吹原さんが疎《うと》ましく思っていた『すごい新卒女子』も最初から存在しなかった。実在しないものに振り回されて私たちがいがみ合うのが、いちばんいらないことに思える。

「十二月まで、私、一件も契約したことなかったんだよ」

「……え」

吹原さんがようやく顔を上げた。きらきらしたタイムラインとは違う、梅干しのおにぎりのような顔だ。ポケットに手を突っ込むと、ふわふわの生地に押し返された。出がけに適当に抜き取ったハンカチがたまたまこれだったのはなんの因果《いんが》か。

〈懇〉の入ったそれを取り出して、吹原さんに差し出す。「持ってたんだ」と鼻声で言われた。大粒の涙は優れた吸水性のタオルに一瞬で吸い込まれていく。

「あと、実は私もう、営業じゃないんだ」

もう一つ打ち明けて、正しい名刺《めいし》を渡した。同業者を情報源として見てしまうと堤さんは藤本さんに言ったらしいが、私がもう営業じゃないなら、私と吹原さんはまた食事くらいは行けるだろうか。

「特務室……?」

吹原さんが不思議そうに名刺を読み上げる。その呼び方が、私も最初はしっくりこなかった。でも今は不思議と馴染《なじ》む。X案件、髭《ひげ》クラブ、お弁当屋とガレージの契約。統一感ゼロだとしても、いろんな手段で案件に向き合う部署は、きっとこの名前でいいんだろう。

吹原さんの目を見据え、私ははっきり言った。

「そう、特務室」

3

幻をつかむような

三月になった。

陳《ちん》さんのお弁当屋さんは順調らしく、息子さんが毎日、トランクにたくさんの弁当を積んで商店街へと運んでいく。

盛況のガレージの傍《かたわ》ら、『スナックやまもと』の扉は暗く、夕方になっても開くことはない。ママは海辺の街に行ってしまった。別れを惜しむ間もないくらいの素早い引っ越しで、もしかすると寂しいとかいう周りの感傷ごと、かっさらっていこうとしたのかもしれない。

だとしたらそれは成功だった。ママがいなくなった実感もなく私は日々を過ごしていた。三月に入ってすぐ、豚コーラがクール便で送られてきて初めて、ちょっと寂しいと思った。食べたらもっと寂しくなる気がして、大量の豚コーラは今、冷凍庫の中で眠っている。

私は特務室でまたもやブッカクに追われていた。

「そうです。男性用の脱毛と植毛で、給排水は不要です。一時間あたり二人程度の予約制なのでひっきりなしに不特定多数の人が出入りするということもありません」

電話の向こうの管理会社の担当者が、難色を示しながらも物件の賃料を教えてくれる。お礼を言って電話を切り、また次の物件に電話をかける。今回は東京《とうきょう》駅前店、これが終わったら日本橋《にほんばし》店の分が待ち受けている。

ブッカクの合間、飛んできたX案件を対応する。CU案件も継続してやっている。ビルの前で落とし物を拾いました、という丁寧《ていねい》な人を管理会社に取り次いで、ビルの名前の由来を教えて下さいという問い合わせには、正確なことはわかりかねますと返事をする。都内からビルが消えない限り、私たちは永遠に問い合わせを受け続けるんだろう。

「咲野《さきの》さーん、髭《ひげ》クラブどう？」

早乙女《さおとめ》さんが声をかけてくる。

「東京駅前の方は今日中には終わりそうです。日本橋は明日か遅くて明後日です」

「オッケー助かるー」

そう言って早乙女さんはリクライニングチェアの上にあぐらをかき、腿《もも》のあたりにのせたノートパソコンをかたかたと操作する。早乙女さんがお客さんに宛《あ》てたメールが私にもCCで飛んでくる。

〈株式会社髭クラブ代表取締役　比毛《ひけ》様　物件ですが、明後日までには全ての情報をお知らせできそうです。できたものからお送りしますので、しばらくお待ちくださいませ〜〉

波線は必要なんだろうか。

これは私が目下ブッカクを進めている件だ。CU案件から早乙女さんが拾い上げた髭クラブは、今やワークスペースコンサルティングの主要クライアントになりつつある。

「目立つ場所にあれば、店そのものの存在が広告代わりになる」という考えのもと、二年以内に百店舗《てんぽ》を達成するのが代表の目標らしく、出店はかなりのハイペースだ。

これだけ数字が見込めるのだから、本当なら営業に引き渡した方がいい。実際、その予定だった。しかし髭クラブ側が早乙女さんの継続を望んだ。

「他の方が嫌とかではなく、早乙女さんにお会いしたときに、この人とやれば上手《うま》くいくみたいな直感があったんです。ぜひ今後も早乙女さんでお願いします」

そして髭クラブは再び特務室に戻ってきた。私が裏でブッカクを進め、早乙女さんが代表と直接やりとりをする。波線でメールを送ってしまう早乙女さんのことを、代表は買っている。神野《かみの》社長からは相変わらず甘酒が届くし、早乙女さんは力のある人から好かれる星の下に生まれているんだろう。

前までリクライニングチェアでごろごろしていた早乙女さんは、ここ最近はあぐらでメールを打つ姿勢が板についてきている。デスクを買うつもりはないらしい。絶対いつか腰を痛めると思う。

「ついに、来ましたよ」

管理会社の営業終了時間となり一息ついていると、関ヶ原《せきがはら》さんがやってきた。いつも数字を見据える切れ長の目が、珍しく半円形に笑んでいる。

「デジペイ本社移転、本格始動です」

おおっと早乙女さんが歓声を上げ、私も思わず背筋を伸ばした。

昨年末、ペット飼育可能な分室を契約したことで、関ヶ原さんは完全にデジペイの心を摑《つか》んだ。以来、会食や定期的なアポで信頼関係を深め、ようやく悲願の本社移転プロジェクトが動き出したのだ。

「でも、今回割と勝ちが見えてるんです」

関ヶ原さんは得意げに鼻の下を擦った。

「デジペイの広さに対応できる物件自体、限られてますもんね。もう候補がある感じですか」

「さすが早乙女さん。その通りです」

関ヶ原さんが今の状況をざっくり教えてくれる。今回、デジペイは関ヶ原さんに全てを一任する意向らしい。資料ベースではあるが、第一候補の物件もおおかた決まっている。社内ルール上どうしてもコンペを行う必要があるものの、形式的なものに過ぎないと言われている。それもあってか関ヶ原さんからは余裕が感じられる。

「僕がよっぽどポカをしなけりゃ大丈夫だと思います」

「じゃあ、特務室の出番はなさそうですね」

「そうっすね、今回はとりあえず報告だけと思って。例の髭さんの件もすいません。大ベテランの館林《たてばやし》さん行かせてもチェンジになるなんて、よっぽどお客さんグリップしちゃってますね、早乙女さん」

「あっ、髭と言えば！　関ヶ原さんこれあげます」

早乙女さんは思い出したように、どこかからハガキサイズのチラシを取り出した。

「なんですかこれ」

「髭クラブさんのＶＩＰ優待券です。一年間、髭の植毛と脱毛し放題です。渋谷《しぶや》に本店があるので通いやすいですよ」

「はあ〜こういう時代なんですね」

関ヶ原さんは感嘆《かんたん》したように言って「じゃあ、とりあえず報告をと思ったんで」とフライヤーをやんわり早乙女さんに戻して特務室を出ていく。

その後、早乙女さんは神野社長から電話を受けていた。甘酒屋に早乙女さんを引き抜くことをまだ諦めていないようで、最近よくかかってくるのだ。

「やーダメですよ。俺はビルとか仲介《ちゅうかい》が好きなんです、毎日楽しいですし、嘘じゃありませんて」

嘘か本当かわからない言葉を並べ、早乙女さんが笑っている。

翌週、用事があって下のフロアに向かうと、もう何度目かになる緊迫した空気を感じた。頬《ほお》の産毛《うぶげ》がびりびりちぎられるような居心地の悪さだ。

ノートパソコンに向き合う営業メンバーの顔はこわばり、電話をする声もどこか沈んでいる。光村《みつむら》が私に気づいて、席を立った。ちょっとこっち、と促されるまま廊下《ろうか》に出ると、光村は声を潜めて言った。

「関ヶ原さんのデジペイ、駄目になるかも」

「えっ」

「しーっ静かにしろっ！」

「ごめん。どうして？」

光村に睨《にら》まれ、声を落としてもう一度たずねる。

「スノータワーが空《あ》いたっぽいんだよ」

「ノ、ノースタワーって何？」

私が問い返すと、光村は信じられないものを見る目で私を見た。ここだと話しきれないと言われ、二人で特務室に移動する。

「はあーっ、落ち着くーー！　下の空気まじきつい」

特務室に入るなり、光村は水責めから解放された人のように大きく息を吐いた。

「どしたの？」

リクライニングチェアにいた早乙女さんが振り返る。

「いやもう、聞いてくださいよ早乙女さん。咲野ってスノータワーも知らないんですよ⁉」

前回の一件ですっかり懐柔《かいじゅう》された光村が早乙女さんにすがりつく。

「へえ。竣工《しゅんこう》したとき、けっこうニュースになってたけどねえ」

「ですよねえ」

「光村、デジペイさんが駄目ってどういうこと?」

無知を指摘されるバツの悪さを感じながら、私は口を挟む。すると早乙女さんも驚いたように目を剝《む》き、「ほぼ勝ち確だったんじゃないの?」と身を起こす。同時に疑問をぶつけられた光村は顔を曇らせたまま、口を開いた。

「まずスノータワーっていうのは、空室《くうしつ》の出たことがない人気物件なんだよ。これはまじで常識だから、覚えとけよ咲野」

わかったと生返事を返しながらスマートフォンで調べたら、雪の結晶のマークがついた、ガラス張りの外観が表示された。見覚えがあった。山手線《やまのてせん》の中から見える、恵比寿《えびす》のビルだ。あまりに綺麗《きれい》すぎて、ホテルかなんかだと思っていた。

「十年前の竣工時も、有名企業が殺到した。今回もちろん関ヶ原さんはスノータワーをブッカクした。でもオーナーから満室だって言われて、デジペイへの提案には含めなかったんだ」

本来であればスノータワーが俎上《そじょう》に上がることはなかった。だが、デジペイの「形式的な」コンペに参加していた大手仲介会社のジャパンオフィスマネジメント——通称JOM——が、「スノータワーが空くかもしれない」と言い出した。面積や賃料、いつ頃空くかなどの詳細は不明。オーナーが過去に契約実績のある業者だけにぽろりとこぼした情報で、JOMも続報を待っているのだという。

「それってけっきょく何坪《つぼ》なの？」

「だから、それがわかれば苦労ないんだよ」

口を挟んだ私に、光村は呆《あき》れたような眼差《まなざ》しをぶつける。

「デジペイのニーズは千坪前後。そしてスノータワーはワンフロア千坪強ある。丸々空くってなればベストだろうけど、ややこしいのは分割区画だ。最低百坪から分割して貸してるから、ひょっとすると全然足りない可能性もある」

私はデスクに駆け寄ると、ノートパソコンで社内の物件データベースを開いた。スノータワーで検索をかけ、結果の画面が表示されたのを見て「嘘でしょ」とつぶやく。画面を何度スクロールしても足りないくらい、大量の区画が登録されていた。三十三階ある上に、けっこう細かく分割されている。むしろワンフロアのまま使っている会社の方が少ない。

「デジペイは前に一度、スノータワーを断念してるらしいんだよね」

早乙女さんが言った。

「デジペイが今のオフィスに移転するときも、当時新築だったスノータワーは最有力候補だった。でも、恵比寿で久しぶりに供給された大型物件だったから、ものすごい倍率だったんだ。坪単価もオークションみたいに釣り上がっていった」

けっきょく上場企業中心に、設立から二桁《けた》経過しているような企業ばかりがその狭き門を通った。今ほど力を持たなかったデジペイは泣く泣く第二候補であった五反田《ごたんだ》のオフィスを移転先に選び、レイアウト変更やフロア借り増し、分室を作るなどして拡大に対応してきた。

「今のデジペイには、スノータワーを借りるだけの力がある。リベンジしたいと願うのは自然な流れだね」

「エシャロットタワーも、充分かっこいいですけどね」

早乙女さんの言葉に、光村が悔《くや》しそうに唇を噛《か》む。エシャロットタワー。それが関ヶ原さんの言っていたもともとの候補物件か。データベースを叩き、表示された外観の写真を見て、すぐにわかった。渋谷駅の反対側、宮益坂《みやますざか》口から五分程度歩いたところにある複合ビルで、低層階には映画館や飲食店が入居している。

「あのビルでダメなの？　あんなに綺麗なのに」

「咲野、エシャロットの方は知ってるのか」

「さすがに知ってるよ」

と返したけれど、何度か遊びに行ったことがあるだけだ。上京した両親と一緒に天ぷらを食べた記憶が蘇《よみがえ》る。

「エシャロットタワーなら、知名度もグレードも立地も申し分ないだろうね。スノータワーさえなければなあ」

早乙女さんが参ったように首を回す。

「でも、スノータワーには入居できるかもわからないですよね？」

新たに空く区画のサイズが合わないかもしれないし、それが明らかになる頃にはエシャロットタワーも埋まっているかもしれない。デジペイほどの成長企業が、そんなリスクの高い判断をしていいんだろうか。

「うーん。咲野さん、好きな芸能人っている？」

「えっ、はい」

関係ないように思える早乙女さんの質問に、反射的に頷《うなず》いた。数年前に現役《げんえき》を引退したアメリカのロックスター、ティモシー・デイモンを思い浮かべる。車のCMや映画の挿入歌で、子供の頃から耳にしていたかすれ声が本当にかっこよかった。

「そしたら、そのいちばん好きな芸能人と付き合えるかもしれませんって状況で、めちゃくちゃ顔が好み、かつ話も合う一般人に告白されたらどうする？」

「えっ、そんな、ティムと付き合うなんて無理ですよ！」

「ティムって誰だよ。どっちか選べって早乙女さんが言ってんじゃん」

光村が冷ややかな目を私に向ける。汗が出てきた。付き合う？　ティムと？　考えたことがなかった。引退時のティムは七十歳近かった。でも、もし付き合ったら、弾き語りをしてくれたりするんだろうか。もしくは『私が支えるから、もう三年だけ頑張って』と鼓舞し、引退を引き延ばせたりするんだろうか。混乱のあまり、タイムトリップまで可能と誤認した私は、「一般人の告白を断って、ティム……好きな芸能人と付き合える可能性に賭《か》けます」と答える。「お前ってそういう感じなの」と光村が引く傍ら、早乙女さんはうんうんと頷く。

「それと同じだよ。デジペイ経営陣にとって、スノータワーはずっと追ってきた推しなんだ。エシャロットタワーは条件の合う一般人。スノータワーのことがはっきりしない限り、エシャロットタワーとどうこうなろうなんて考えられないんだ」

どこか切なげな顔で、早乙女さんは揺れるデジペイの心について熱弁した。その語り口に呆気《あっけ》に取られていた光村が、「あ、そろそろ内見だ」と逃げるように特務室を出ていく。それとほとんどすれ違うように関ヶ原さんがやってきて、真剣な顔で切り出した。

「スノータワーの調査、特務室の手を借りたいです」

こうして私たちは、スノータワーの〈幻の区画〉を追うことになったのだ。

髭《ひげ》クラブの内見資料に時間がかかって、会社を出るのが予定より遅くなった。バタバタと道玄坂《どうげんざか》を駆け下りて、桜丘町《さくらがおかちょう》のベトナム料理屋に駆け込んだ。私がテーブルに近づいていくと、スマートフォンをいじっていた吹原《ふきはら》が顔を上げる。

「おつかれ」と言われたので、「おつかれ」と返して座る。

一月の終わりにあの告白を受けてから、私たちはしばらく音信不通だった。偶然の再会は、二月半ばの日暮里《にっぽり》。今は東京パイル社元会長となった田中《たなか》さんの開設祝いの挨拶《あいさつ》を済ませてビルを出ると、吹原が一心不乱に外観の写真を撮っていた。内見の下見らしく、小脇に分厚い物件資料の入ったファイルを抱えていた。

互いに気づき、微妙な空気が流れた。沈黙を埋めるように私は口を開いた。

「ここ、東京P社の元会長の、新オフィス」

「えっ」

「新会社だから、もう名前も違うけど」

「そっか。そうなんだ……」

会話が終了してしまったので、その場を去るタイミングを探していると、「今度、借りてたタオル返します」と吹原がぎこちない敬語で言った。数日後、本当に連絡が来て私たちは前回のカフェで会った。このチョイスは失敗だった。全《まった》く同じ席に通され、気まずさは加速した。間をもたせるために、私はいつもより度数の高いお酒を飲んだ。少量のアルコール成分は私の体内を急速に駆け巡った。

タクシーに押し込まれて別れた記憶だけある。朝、ひどい頭痛を抱えて目覚めると鞄《かばん》から二枚のNGタオルが出てきた。一枚は前に私が貸したもので、もう一枚は吹原が酔っ払った私と一緒にタクシーに投げ込んだもののようだった。

返すために連絡をして、また会った。もう気まずい時間はごめんだったから最後にするつもりだった。でも、またもや偶然に襲われた。テーブルに置かれた吹原のスマートフォンの待ち受け画像が、獣のようにシャウトするティムだったのだ。毛穴が見えるほどティムに寄って撮影されたその写真は、他の人が見たら、月面地図や幾何学《きかがく》模様に見えるだろう。でも長年のファンである私の目は誤魔化《ごまか》せない。

「ねえ、私もなんだけど」とスマートフォンを差し出した。長らく待ち受けに設定している、ラストステージのティムの後ろ姿を、吹原はこぼれ落ちそうな目で見つめ、「好きなの？」と震える声でたずねた。

共通の話題を得ると、一気に人間と人間の距離は近づく。ハマったきっかけから引退を知ったときの話……話題は尽きず、「もう会わないはずの相手」が「きっとまた会う相手」に変わっていくのを感じた。

「ねえ、スノータワーが空《あ》くのって知ってる？」

吹原が二杯目のビールを置き、内緒話をするように私の方へと身を乗り出す。

「知ってる。あれって本当？」

「らしいよ。堤《つつみ》さんがＪＯＭの人との交流会で聞いたんだって」

「堤さんってＪＯＭとも付き合いあるんだ。面積とか単価ってわかるのかな？」

「全然」

吹原は肩をすくめた。

「ＪＯＭも詳しくは知らないみたいだし、うちなんて契約実績ないから空く可能性があることすら教えてもらえないよ。堤さんもブッカクして、ないって言われてたし」

ビズオフィスもうちとほぼ同じ状況のようだ。スノータワーは契約実績のない業者にはとことんドライなのだろう。

「もしかすると、ＪＯＭが流したフェイクニュースかもね」

「わざわざそんなことするかな」

「競合を蹴落《けお》とすための罠《わな》なんじゃない？」

吹原はどこか楽しげに目を細める。あのＳＮＳアカウントが一瞬頭をよぎって消える。

「どうやって、真偽を確認したらいいんだろう」

「そこだよね。堤さんは定期的にＪＯＭに聞くつもりみたいだけど……」

意味ないよねえ、と吹原は渋い顔をする。たしかに意味がない。ＪＯＭを情報源にする限り、常に私たちはＪＯＭに遅れを取る。もっと早く、確実な情報を手に入れるにはどうしたらいいんだろう――。

「あっ！」

「ん？　何？」

吹原に問い返され、私は頭に浮かんだアイデアを口にした。

「現地に行けばいい。それで、一部屋一部屋見て回ったら、移転の兆候を見つけられるかも。引っ越しの段ボール箱が積まれてたりとか、什器《じゅうき》を移動させてたりとか」

「いや、ピンポイントでそのタイミングに行くのは無理でしょ。解約だって六ヶ月前予告で、いつ引っ越すかもわからないんだよ」

売れる営業のツッコミは素早く的確で、ぐうの音《ね》も出ない。やっぱりどうしようもないのかと、急に投げやりな気分になる。昼間に早乙女さんに投げかけられた質問を思い出し、私は吹原に聞いてみた。

「ティムと付き合えるかもしれない状態で、すごく顔が好みの一般人に告白されたらどっちを選ぶ？」

「ティムと⁉　無理だよ！　推しとは付き合えないし！」

「直感で答えて」

顔を紅潮させながら叫ぶ吹原に、私は選択を迫った。吹原は怪訝《けげん》な目で私を見つめながら、「一般人一択」と言った。

「かもしれないが嫌。相手がティムだとしても、確実な方がいいじゃん」

自分との違いに驚きながら、デジペイも吹原と同じ考え方ならよかったのにと思った。

手がかりがなくても特務室は動く。翌日、私と早乙女さんはスノータワーまで行った。近いからとりあえず見に行ってみようとなったのだ。道玄坂を下り、渋谷駅の高架下を越えて、明治通り《めいじどおり》沿いを恵比寿方面へとひたすら進む。

「スノータワーのオーナーは株式会社スノータワー。地主の資産管理会社として始まった組織で従業員は十人、ビル内にオフィスを構えてる」

道すがら、早乙女さんが教えてくれる。ふわふわの髪が太陽に反射して、日向《ひなた》ぼっこしているアルパカみたいだ。二階まではコンビニやレストランの入居する商業フロアだが、オーナーのオフィスもその中の一角にある。三階から三十三階までがオフィス用のフロアらしい。

話すうちにビルに到着した。電車の中から見るのと、現地で見るのとではまるで違った。圧巻だった。人工かと疑うほどの鮮やかな芝と、常緑樹に溢《あふ》れた敷地を、ウッドデッキ調のアプローチが縦断する。その先にあるエントランスのガラス扉は神々《こうごう》しいくらい輝いていた。単純に晴れているからか、特別な物件だという先入観からかはもうわからない。

ホテルのような吹き抜けには、香ばしいコーヒーのにおいが漂う。一階のメインテナントである外資系カフェチェーンからのにおいだ。行き交う人みんなおしゃれに見えて、スノータワーは桁違《けたちが》いなんだと思い知らされた。このビルに入ることで会社も人も上へ上へと昇っていける、スノータワーはそんな魅力に満ちていた。

そしていよいよ、三階オフィスロビーへ向かう。一階から直結するエスカレーターに乗りながら、私は期待した。吹原には即却下《きやっか》されたけれど、たとえば今日、運命的なタイミングで引っ越し作業をしている区画を見つけられたりしないだろうか。しかし、その期待はオフィスロビー到着と同時に塵《ちり》と化す。

改札のようなゲートが、オフィスフロア用のエレベーターを門番のように守っていた。さらにその左右を警備員と受付が固めている。

「フラッパーゲートだから、ここから上にはいけないんだよねー」

早乙女さんが独《ひと》り言《ごと》のようにつぶやく。フラッパーゲート。このグレードのビルなら大いにありえることなのに、すっかり頭から抜け落ちていた。

外部からの訪問者は訪問シートに社名、名前、訪問先を書いて提出し、受付の女の人が訪問先の企業に内線で確認を取ってから、訪問者用のカードを訪問者に渡す。

「そしたら、とりあえずあれをこっそり撮ろっか」

落胆《らくたん》する私をよそに、早乙女さんは受付の反対側の壁に掲示された、案内板に近づいていく。巨大な案内板には五十音順でテナント名と所在階が記載されている。

早乙女さんは最初からこれが狙いだったんだろうか。ネットよりも情報に漏《も》れがないし、この情報さえ持ち帰ることができれば、最新のテナントリストを完成させられる。気が遠くなるような数でも、しらみつぶしに調べれば、何か手がかりが摑《つか》めるかもしれない。

早乙女さんはスマートフォンをかざし、無音で案内板を撮影していく。私は早乙女さんの手元が警備員さんの死角になるようにさりげなく体を傾けながら、頭上に広がる案内板を見つめた。競争率がすごかったというだけあって、一度は見たことあるような名前が並ぶ。高級おせちのようなラインナップだ。

ふと、足元に影を感じ振り返った。ゲート脇にいたはずの警備員さんが後ろに立ってていて、落ち窪《くぼ》んだ鋭い目が、私と早乙女さんを睨《にら》んでいた。警備員さんが大きく一歩踏み出したそのとき、早乙女さんの声がロビーに響き渡った。

「お待たせしていてすみませんーっ！　トクムデリバリーフーズです！」

突然の大声に警備員さんがフリーズする。早乙女さんはスマートフォンを耳に当て話し続ける。

「ええ、今ビルに着いたんですが入り口がわからなくて！　三階のオフィスロビーまで来たんですが！　あっ業者は通用口からですか！　すいません新人だもんで！　はい！」

早乙女さんは「すみませんっ」を連発しながら、さりげなく下階行きのエスカレーターに近づいていく。危機を察知してとっさに、〈フードデリバリーの新人配達人〉を演じたようだ。手ぶらなのにかなり無理があるが、触らぬ神に祟《たた》りなしとみなしたのか、警備員さんが追跡してくることはなかった。

一階へと向かうエスカレーターの上で早乙女さんは私を振り返り、「全撮り成功」とスマートフォンを掲《かか》げて笑った。

会社に戻ってすぐ、案内板の情報をリストに落とし込んでいった。百近いテナント名を眺めながら、早乙女さんとあれこれ談義する。

「オリオンミュージックは社長のセクハラ問題があったけど、自社ビル建てる余力も適した土地もないと思う、ステイだろうなー」

「ゴハンレボリューションはどうですか。産地偽装のニュース見ました」

「あの号泣謝罪会見で同情票も集まってるからなんとも。俺は、ハッピーエンディングオブマイライフが大穴だと思う」

「あの終活の会社ですか」

「そう。見ようによってはキナ臭《くさ》いビジネスモデルなのにスノータワー入れたのは、コレがあるからなんだよ。売上前年比二百五十パーセントだって」

コレ、と言いながら親指と人差し指で輪っかを作り、早乙女さんは持論を展開する。

「高齢化が進む限りは終活ビジネスは伸びていくだろうし、スノータワーに入居してたらセミナーや相談にやってきた人の心象もばっちりだろうね。それこそ自社ビル建てるんじゃないかな」

早乙女さんの得意分野とあって、話は尽きない。ただ、出回っている情報だけでは、決定的な証拠は摑めなかった。不調だから退去するとも限らず、好調だから自社ビルを建てたり、業績に関係なくフルリモートに切り替えたりする企業もある。

「とりあえずさ、咲野さん、スノータワーにブッカクしよっか」

早乙女さんが思い立ったように言った。

「私がですか⁉」

どう考えてもいい結果は得られない気がする。関ヶ原さんや堤さんが突破できなかった壁を自分が突破できるとも思えない。

「窓口の人に機械的に切られて終わりだと思うんです。その人も空室《くうしつ》の情報を把握《はあく》してない可能性があります」

「そこを、逆手に取るんだよ。機械的な対応ができないようにすればいい」

早乙女さんはリクライニングチェアから下り、にやりと笑う。作戦を立てた後、私はホワイトボードに書きつけたカンペを凝視しながら、スノータワーに電話をかけた。早乙女さんにも聞こえるように、ハンズフリーだ。

『はぁい、もしもし』

コール音三回でやる気のなさそうな女の人が応じる。

「初めまして。トクムエステートの咲野と申します。仲介業《ちゅうかい》者の者です」

『トクムさん……はい。なんですか今忙しいのよね』

声が一気にぶっきらぼうになる。契約実績のない仲介だとわかって、相手にする必要がないと思ったのだろう。

「現在、スノータワーに空室はございますか。探しておりまして」

『ないですよ。ずっとないんです』

勝負はここからだ。私は傍に立つ早乙女さんに目配せをして、打ち合わせた通りの内容を口にする。

「そうでしたか、残念です。今回はお客様を仲介したいわけではなく、弊社《へいしゃ》トクムエステートがそちらに入居したかったんです」

『えっ、そうなの？』

相手が意表を衝《つ》かれた声を上げる。仲介業者に冷たくできても、エンドユーザーである入居希望者には冷たくできないのだ。おざなりな態度を取り繕《つくろ》うように相手が饒舌《じょうぜつ》になる。

『申し訳ないですけど多分ね、不動産業はＮＧだと思うわよ。要はうちと同業ってことになりますからね。これまでも断ってますから』

「あ……失礼しました。ちょっとこちらの説明が不足していました。私どもトクムエステートは不動産会社なのですが、実は今回は分社化したばかりの別会社、トクムパシフィックマネージメントの方での入居を考えておりまして……」

自分でも何を言っているのかよくわからない。でも、難解であればあるほどいい。これはマニュアルで対応できない内容をぶつけ、電話を代わってもらう作戦なのだ。

『ええと、ちょっと待ってね、確認しますから。社長──』

　溢《あふ》れる情報に困惑した声がして、保留音が流れる。しばらくして無愛想な男の人が電話に出た。この人が社長だろうか。早乙女さんと目を合わせて頷《うなず》き、またカンペを読み上げる。全部言い終わらないうちに、はあっと大きなため息に遮《さえぎ》られた。

『よくわからんけどさ、あんた、空室情報がほしいだけの仲介なんじゃないの？』

「へっ、はい」

　しまった、と思ったときにはもう遅い。核心を衝かれた動揺《どうよう》で、〝いいえ〟と〝はい〟を言い間違えた。シナリオと違う応答をした私に、早乙女さんが目を丸くしている。電話の向こうの口調も荒くなる。

『こっちも忙しいだよ。そういうことならもう切りま……』

「に、二十坪《つぼ》でいいんです」

『は？』

　なんでそんなことを口走ったのかわからなかった。とにかく切られたくない、その一心で手当たり次第に言葉を繋《つな》げる。

「二十坪あれば、充分なんです。素敵なビルですから、どんなに小さくても入居したい。いつまでも待ちます。スノータワーが空《あ》き次第でいいんです。今後もこちらに問い合わせていいですか」

　たぶん面倒くさくなったのだろう。相手は三度目のため息をつき、

『そういうのはＪＯＭさんを通してください。彼らがいちばんうちで契約してるので。どのみち今度空く区画はおたくの希望する面積とは合いませんよ』

　ガチャっと電話が切れる。私は呆然《ぼうぜん》としたまま早乙女さんを見上げた。

「今この人、『今度空く区画は』って言いましたよね？」

「こういうことがあるから面白いんだよなあ。仲介は」

　早乙女さんが肩を震わせ笑う。私も笑った。動揺ゆえの奇行が、功を奏したのだ。

　早乙女さんの命で、私は二階へと急ぎ、関ヶ原さんに報告した。

「まじ？　すごいな咲野！　どんなトークスキルよ」

　と関ヶ原さんは目を剝《む》いた。

「じゃあ、空くのは確定と見ていいんだ」

「はい、たしかに『今度空く区画』って言いました。ただ、それがいつかも、何坪なのかもわかりません」

「いや、ＪＯＭのフカシじゃないってわかっただけでもありがたいわ」

　関ヶ原さんは腕組みして、天井を仰《あお》ぐ。きっと頭の中で、今後のシミュレーションが行われているのだ。

「あの、こういう場合って、関ヶ原さんはエシャロットタワーを推すんでしょうか」

「お、なんでそう思うの？」

関ヶ原さんを尊敬できるのは、こういうところだ。新卒の意見なんてという態度を決して取らず、興味を持って聞いてくれる。

「スノータワーはまだまだ情報が不確かですし、実績がないと仲介させてもらえそうにありません。エシャロットタワーで進めた方が無難だと思いました」

「それは同意。空くとなっても、内部増床に持っていかれる可能性も高い」

内部増床とは、ビルに空室が出る際、オーナーが内部テナントに借り増しの意志を確認することだ。そこで立候補するテナントがいれば、表向きの募集が出ることなく、空室が埋まる。オーナー、外部テナント、競合他社、そして内部テナント。障壁の多さに愕然《がくぜん》とする私に、関ヶ原さんが質問を重ねる。

「まあいろいろハードルがあるのは置いといてさ、直感的に咲野はどっちのビルがデジペイさんっぽいと思う？」

「それはスノータワーです」

即答だった。スノータワーが単純にかっこいいというのもあるが、それ以上にスノータワーの方がデジペイのイメージに合っている。

大ヒットゲーム〈ダイナクラッシュ〉を開発したアヤまるを参画させたのが十二月、当初から言っていたデジデジくんのデザインは二月頭にリニューアルされ、あらゆる店舗《てんぽ》のレジ周りにいた旧デジデジくんは新デジデジくんに取り替えられた。まるで更新ボタンで一括《いっかつ》変更したかのようだった。とても速くて、とてもパワフルだ。

「デジペイさんは、最高の箱を手に入れて、そこに合わせて事業を膨《ふく》らませていく感じの会社さんですし、スノータワーはデジペイさんを受け入れるだけじゃなくて引っ張り上げてくれる物件のような気がします」

「わかる」

関ヶ原さんは私の目を見ながら、深く頷いた。

「正直エシャロットにしてくれた方が楽だけど、咲野の言う通りなんだよな。〈幻の区画〉が実在するなら、そのつもりで動いていかないと」

さあどうするかな、と困ったように頭を掻《か》きながらも、関ヶ原さんの目は変わらず契約を見据えていた。スノータワーの登場で予定が狂ったにもかかわらず、少しも諦めていないのだ。

関ヶ原さんが諦めないなら、特務室も諦めてはいけないと思った。次のステップは、区画の特定だ。ただ、どうやって？　百を超えるテナントの中からどうやって退去テナントを見つけ出すのか。

そんなとき、運が突然、私たちの味方についた。

その日は特務室にとって、髭《ひげ》クラブ一色の日だった。私は秋葉原《あきはばら》店のブッカクを進め、早乙女さんは東京駅前店と日本橋店の内見をまとめて行うため、朝早くから出かけていた。

『大変な情報を仕入れた』と早乙女さんから電話があったのは、日が暮れ始めた頃だった。

『やっぱ俺って引き当てちゃうのかもしれない。困ったな。世間の狭さがやばい』

「情報ってなんですか、どうしたんですか」

興奮したようすの早乙女さんは、私が問い返すと喉《のど》を鳴らし、そして秘密を打ち明けるように声を低くした。

『ツルリが、抜けるかもしれない』

「えっ⁉　ツルリって……！」

私はデスクの脇に置いていたテナントリストを手元に引き寄せた。株式会社ツルリ。スノータワーの十八階ワンフロアに入居する会社だ。日本で暮らしていれば誰もが一度はCMを目にしているであろう超大手化粧品《けしょうひん》メーカー。正直ノーマークだった。私も早乙女さんもたくさんのテナントに移転の疑いをかけてきたとはいえ、安定した売上を保ち続けるツルリに移転する要素は見当たらなかった。

「なんで、なんで、そんな情報、どこから」

『髭さんだよ』

戸惑う私に早乙女さんが説明する。内見のために東京から日本橋にかけて歩いていたとき、比毛社長が公園の前で立ち止まり、ぽろっとこぼしたらしい。

『ツルリさんの引っ越し先ってここかなあ』

視線の先、公園の木々の向こうには、八階建てのビルがあった。窓は暗く閉鎖されているようだったが、蔦《つた》の這《は》うレンガ色の外観が洋館のようで目を引く。目測ワンフロア百坪くらいの小綺麗《こぎれい》なビルだった。

早乙女さんは噴出しそうな疑問をどうにか抑え込み、比毛代表にたずねた。

「えっ、ツルリってあの化粧品会社の？　あそこに移転するんですか？」

「あっ、しまったっ」

比毛代表はうっかり口を滑らせたようだった。だが、断片的な情報を与えて、変に噂《うわさ》が広まるのを恐れたのだろう。早乙女さんにならと何度も口止めした上で知っていることを教えてくれた。

『まず、ツルリ――Ｔ社の社長は髭さんの顧客《こきやく》らしい』

「ええっ……？」

『驚きだよね。俺も半信半疑だったんだけど、来月から髭さんは宣伝の一環で、顧客のインタビュー動画の配信を始めるらしくて、俳優の高森健二《たかもりけんじ》とか、サッカー選手の四阪隆人《よつさかりゆうと》とか、有名どころが揃ってる。そのうちの一人が、Ｔ社の社長なんだ。解禁前の予告動画も見せてくれたから、たぶん本当』

私はツルリのホームページを開き、企業理念と書かれた文字をクリックした。企業メッセージは頭に入らず、その下で腕を組んで微笑《ほほえ》む代表取締役社長・津留利《つるり》祥吉《しょうきち》の髭を目にしてただただ息を呑《の》んだ。細い線で繋《つな》がった下唇の下の逆三角と顎《あご》の菱形《ひしがた》は、真ん中で折ったら綺麗な折れ目がつきそうなほどに左右対称だった。電話越しに聞いた話が真実味を帯びる。

『サロンの顧客と施術者《せじゅつしゃ》って、密室で一時間近く一対一になるんだよね。横になってリラックスした顧客は、つい口が軽くなるのも頷ける』

しかもツルリ社長は、比毛代表が直々に施術する上顧客だった。髭クラブ本店である渋谷店で、彼は比毛代表に顎先を預けながらぽろりとこぼした。

「日本橋の方に髭クラブさんができるなら、そっちで施術してもらうことが増えるかもしれないなあ。その場合も比毛さんがやってくれるんですか？」

「もちろんですよ！　津留利社長のためなら、どの店舗にも出ますんで。でも恵比寿のオフィスからだとこっちの方が近くないですか？」

「ああ、今はそうなんですけど、実は日本橋にビル買ったんですよね。ヴィンテージ感のあるレンガ色のビルで……公園の奥にあるのがまたいいんですよ……あ、これオフレコでお願いしますね」

「あはは、了解です」

芸能人とのやりとりも多々ある比毛代表は、動じることなく受け流した。だが、同じ美容業界に身を置く者として印象に残る話だったので、物件を見かけてつい反応してしまったらしい。何度も早乙女さんに口止めをして帰っていったそうだ。

「そんな大事な情報が、たまたま手に入るなんて……」

知り得ない情報が手に入った興奮と後ろめたさで声が震えた。

『そうなんだよ。だからこれは、特務室と関ヶ原さんだけの秘密にしとこう。家族とか友達にも言っちゃダメだからね』

「言いません、絶対に」

ぶんぶんと頭を振った。漏《も》らすことは決して許されない。でも——ツルリがスノータワーを抜けるなんて、私たちが探し求めていた情報そのものじゃないか。

早乙女さんが戻ってくると同時に、私たちは関ヶ原さんを特務室に呼んだ。ほぼ使わない内鍵《うちかぎ》をかけ、早乙女さんは関ヶ原さんに得たばかりの情報を伝えた。

「そこ繋がります⁉ 髭さんと⁉ 嘘ぉ⁉」と関ヶ原さんは驚愕していたが、すぐに表情を引き締める。

「となるとだいぶ、スノータワー千坪《つぼ》の可能性が上がってきますね」

「ツルリさんの件は本当に偶然知っちゃった感じなので、オフレコでお願いします。千坪が空くかもしれないことも、それが十八階かもしれないことも、まだ誰にも言わない方がいい」

「もちろんです。髭さんとの信頼関係もありますし、不確かな情報でデジペイさんを混乱させるのもよくないですよね」

「まずはできることからやりましょう。これ見てください」

そう言って早乙女さんは、Ａ４サイズの書類を関ヶ原さんに手渡す。

「うわっガチじゃないですか」

視線を落とした関ヶ原さんが声を上げた。早乙女さんがオンラインの謄本《とうほん》取得サービスから出力した、日本橋の物件の謄本だった。比毛代表の話を裏打ちするように、直近でツルリが所有権を獲得している。

「あとは咲野さんがもう一回、スノータワーにブッカクしてくれたんですよ。ね」

「はい」

早乙女さんに視線を向けられ、私は俯《うつむ》く。言わずもがな惨憺《さんたん》たる結果だった。適当にあたりをつけた馬鹿のふりをして、「十八階とか二十階とかって空かないですか？　そのくらいの高さの偶数階がいいんです」と聞いてみたが、

『おたくの電話は繋ぐなって社長に言われてるんですよ。面積も合わないんでしょ？　もうかけてこないでください』

あのやる気のない女の人に切られてしまった。

裏から得た情報を表からも得るには、いったいどうすればいいんだろう。スノータワーが口を閉ざしているとなると、ツルリから直接聞くくらいしか方法がないように思える。

「いや、とりあえず！」

停滞した空気を切り裂いたのは、関ヶ原さんだ。

「俺はもう動き出しますよ。咲野がブッカクで〈幻の区画〉があるって聞いてくれたときから、準備してはいたんです」

「この情報で戦えます？　ツルリの件を伏せるとなると、ほとんど最初と変わりませんけど」

早乙女さんが理路整然と問い返すが、「いやいや変わりますよ」と関ヶ原さんは首を振る。

「最初とは全然違います。デジペイさんに言えないとしても、僕が知ってるのと知らないのとではね。限られた情報で戦うのもオフィス仲介《ちゆうかい》です。やってやりますよ」

関ヶ原さんは自信ありげに自分の腕を叩き、颯爽《さつそう》と特務室を出ていく。

「関ヶ原さんは根っからの営業だから、全然違う戦い方をするだろうね」

そう言って、早乙女さんは軽く口角を上げた。関ヶ原さんがどうするつもりなのか、私には見当もつかない。その間に私たちができるのは、足りない情報をかき集めることだ。ツルリについてできるだけ調べよう。そしていざというとき関ヶ原さんを援護射撃できたらいい。

「ちょっと出かけてくるねーアキバの資料ってもうできる?」

「あ、はい。あと少しで終わります」

「オッケー、完成したらPDFをメールでちょうだい」

「わかりました、あの……」

「んじゃ行ってきまーす」

早乙女さんはひらひらと手を振り、ほとんど手ぶらで特務室を出ていく。無人のリクライニングチェアを見つめ、私はため息をついた。今日は行き先を聞きそびれてしまった。ツルリの衝撃から数日、早乙女さんは特務室を留守にしがちだ。行き先を聞いても濁《にご》される。出かけたきり戻ってこないこともあれば、戻ってきて一時間と経たず出かけていくこともある。髭《ひげ》クラブのときのように、また新しいクライアントでも発掘したのか。廊下《ろうか》に出てこそこそ電話をかける姿も何度か見た。とても怪しい。

私が何より気になるのは、スノータワーのことだった。せっかくツルリの日本橋移転の情報が入ってきたのに、早乙女さんは動く気配がない。何もわからないときの方が積極的だったくらいだ。情報提供者である比毛代表のためだろうか。派手に動いてツルリの移転情報が漏れでもして、大事なクライアントに飛び火するのを恐れているんだろうか……など意外に感じていると、出先の早乙女さんから電話がきた。

『髭さんにアキバの資料送ったら、さっそく内見希望もらったよ。内見設定お願いしてもいい?』

「はい、いつにしますか」

『今週、咲野さんが大丈夫そうな日程で』

「え? 私ですか?」

『うん。行けない可能性あるから、代理お願いしたい』

「わかりました……」

電話を切ってから、もやもやが込み上げる。別にいいのだ。上司の早乙女さんばかり内見に追われ、私だけ中にいるのもいびつな気がしていたし、比毛代表さえ許すなら分担した方がいいと思う。ただ、ここ最近の動きに何か事情があるなら教えてほしい。

最短日程で秋葉原の内見を設定した私は、比毛代表と初めて対面した。

『現役《げんえき》を上がった元ナンバーワンホストに、髭がめちゃくちゃ生えた感じの人』という早乙女さんの説明そのままの男の人がやってきた。とても華やかで整った顔立ちで、物腰《し》は柔らかく、そして何より髭が濃い。もみあげと一体化した髭が顔の半分くらいを占めている。

「僕ねえ、早乙女さんのことめちゃくちゃ気に入ってるんですよ」

内見終了後、比毛代表は私に言った。

「うちの会社のコンセプトにぴったりだと思うんですよね。僕のところにヘッドハンティングしちゃ駄目ですかね？」

冗談のような軽い口調なのに、分厚い髭が表情を隠し、本気っぽくも取れてしまう。私の困ったようすを見て、比毛代表はオスミつきをもらったかのように満面の笑みを浮かべて帰っていった。

会社に戻り、エレベーターを降りると特務室の扉が半開きになっていた。早乙女さんも戻っているようで、中から話し声がする。低い声。関ヶ原さんだ。

「そういうことなら、咲野はしばらくこっちで預かりますね」

「関ヶ原さん、ありがとうございます。ほんっと助かります」

私は扉の前から動けなくなった。預かるってなんのこと？　早乙女さんはリクライニングチェアに身を預け、関ヶ原さんは私のデスクにもたれながら早乙女さんの方を向いていた。二人は私に気づかないまま会話を続ける。

「それにしたって、ずいぶん急ですね、早乙女さん」

「ですねー、でも少し前からどうしたもんかと思ってたんですよ。だから、咲野さんにずっとここにいられるとちょっと困るんですよね」

「そんなに深刻だったとは……全然気づかなかったなあ」

「自分のせいでもあるんですけどね。今、割と我慢しちゃってて。まあ最近は外出も多いのでごまかせてはいるんですけどね」

パチパチジャラジャラ。囲碁《いご》サロンと雀荘《じゃんそう》から軽快な音が響く。扉の向こうで吐き出される二人のため息が重い。私の体も重い。お腹の真ん中に、鉛《なまり》でも打ち込まれたみたいだ。

そのとき背後でエレベーターの扉が開いた。

「おっ、お姉ちゃん、前はどうもね」

振り返ると前に助けた川村《かわむら》さんが立っていた。「あのときは命拾いしたよ」と笑いながら、奥の囲碁サロンへと入っていく。

再び特務室の方へ向き直ると二人の視線が私の方を向いていた。

「おお、おかえり」

関ヶ原さんが片手を上げる。軽快な仕草じゃ隠しきれない。こわばった笑顔が、動揺《どうよう》を封じ込めようとしているのは明らかだった。

「ちょうどよかった。今、関ヶ原さんと話してたんだけど、明日から一時的に二階に戻ってほしいんだ」

早乙女さんは平然としていた。営業部隊の業務が逼迫《ひっぱく》してきたので、二階にしばらく常駐してみんなの手伝いをしてほしい。そんなようなことを早乙女さんは言った。

「悪いな咲野。三月だけだから」

関ヶ原さんからはそう言われたが、さっきの早乙女さんの発言が頭から離れない。

『ここにいられると困る』

『割と我慢しちゃってて』

早乙女さんはずっと、私のことを疎《うと》ましく思っていたんだろうか。たしかに陳さんとママの契約はかなり強引だったし、なりすまし騒動ではたくさん巻き込んだ。何より早乙女さんが一人で気ままに過ごしていた空間にデスクまで搬入した。『我慢』だなんて早乙女さんらしくないのに、ストレスをかけてしまったことが悲しい。

小さな会社だから、決まると早かった。私は次の日にはもう二階にいた。フリーアドレスデスクの隅っこで、髭クラブの秋葉原の申し込み準備とX案件の処理を進めながら、他の営業メンバーから頼まれるブッカクや資料作成をこなしていく。こんなに忙しかったかと驚くようなスピードで時間が過ぎる。

「咲野、この内見任せていい？」

関ヶ原さんが資料を私の前に置く。

「昨日問い合わせが来た案件で、一件だけの内見希望。たぶんこのビルで決まることはないと思うけど、ニーズはありそうだからヒアリングしてきて」

複数の行ってらっしゃいを背中に受けて会社を出発した。内見は滞《とどこお》りなく終わり、関ヶ原さんの読み通り、追加の提案をすることになった。会社に戻って、お客さん宛《あて》にお礼のメールを送るとすぐに返信があった。

〈ご提案いただく際に、エシャロットタワーの状況も確認いただけませんか？　少々背伸びになりますが、興味があります〉

お客さんの求める面積は三十坪《つぼ》ほどで、エシャロットタワーはデジペイが検討《けんとう》している千坪の区画以外にも、それくらいの小さな区画がいくつかあった。

「関ヶ原さん、エシャロットタワーってブッカクしても問題ないですか」

念のためたずねる。

「おー大丈夫だよ。一応、別件ではお世話になっています、みたいな感じで言っといてくれると助かる。——お蔭《かげ》さまで前に進みそうだからね」

「え、そうなんですか」

にっと口角を上げて笑う関ヶ原さんに、私は聞き返す。昨日から暗く沈んでいた気持ちがかすかに浮上する。ツルリに関する新しい情報もない中で、関ヶ原さんはいったいどんな方法を取ったのだろう。

「咲野にもちゃんと報告しておかなきゃな」

そう言って、関ヶ原さんは今の状況を教えてくれる。

「僕としては、御社が望むかたちで移転することを最優先にしたいと思っています」

関ヶ原さんはデジペイ経営陣との打ち合わせでそう切り出した。〈幻の区画〉については、その存在を否定することも肯定することもせず、話を展開した。

「スノータワーの詳細をひたすら待つのはリスクが高いです。仮に情報がオープンになったとしても、当然ながら増床希望の内部テナント、外部の移転企業との取り合いになります。内部で決まった場合、区画がなくなったことすら把握《はあく》できずに時間が過ぎる可能性があります。その間にエシャロットタワーも埋まってしまうと、移転を延期せざるを得なくなります」

「それだと困るな」

経営陣は頭を抱えた。デジペイとしても、半端な覚悟で移転計画に踏み切ったわけではない。人員は増え続け、早くもアヤまる率《ひき》いる分室を統合する話が持ち上がっている。若くパワフルなチームを内包し、いいシナジーを生みたい。延期という選択はデジペイとしても避けなければならなかった。

関ヶ原さんは自分の見解を述べた。

「個人的には、エシャロットタワーで進めるのが安全だとは思います。ですが、もしデジペイ様がスノータワーへ強いご希望をお持ちなら、わだかまりの残ったまま話を進めていくのを避けたい。ダメもとで一つ、提案があります。あまりおすすめできる方法ではないのですが――」

関ヶ原さんは経営陣を見渡した。全員が先を促すように頷《うなず》く。いつも保守的な立ち回りを見せる監査役ですら、「話を聞かせていただける?」と前のめりになる。

「スノータワーに、要望書を出すんです」

関ヶ原さんは言った。要望書――それは申込書の前段階で登場する、意思表示の書面だ。どの区画を・いつから・いくらで借りたいかなどの希望を書面に起こし、会社の認印を押《おう》印《いん》した上で提出する。全ての契約に必ずしも登場するわけではないが、オーナーへの意思表示としては有効な手段だ。

契約を先走る仲介《ちゅうかい》が出鱈目《でたらめ》を言っているわけではなく、企業自身に意志があるのだとオーナーに証明できる。また、書面をベースにやりとりすることで、言った・言わないのトラブルを未然に防ぐ。条件が折り合わない場合は取り下げも可能だ。

「面積も、条件もわからないのに?」

「そうです」

経営陣からの疑問の声を受け止め、関ヶ原さんは続けた。「スノータワーはなかなか動かない。だからこちらから働きかけて、動かすんです。まずはデジペイ様の入居の意志が確実であることを理解してもらう必要があります」

「でも、募集開始してすぐに埋まるような物件なんだから、オーナーも焦ってないでしょう? 要望書くらいで動くとはとても思えない」

「その通りです」

慎重な監査役の声に、関ヶ原さんは同意する。

「だからこそオーナー側には、この企業と契約を結べばメリットがあると思ってもらう必要があります」

「メリット？」

「坪単価です」

条件が全《まった》くわからないことを逆手に取るのだ。要望書と銘打《めいう》ちながらも、交渉はいっさいせず、予測できるよりはるかに高額な坪単価を提示する。他の企業を選ぶよりもメリットがあると、オーナーにわかってもらうために。

「オーナーのメリットが上がる一方、御社のコストメリットは下がります。だからこの方法を提案するべきか迷いました。それでも、この移転を御社のさらなる成長への投資とするなら、お耳に入れておくべきだと思ったんです」

これはデジペイ相手にしかできない提案だった。潤沢な資金力がなければ、坪単価を上げてまで入居するなどという選択肢《せんたくし》はない。関ヶ原さんはデジペイの決算公告などに目を通した上で、この提案に価値があると踏んでいた。

「一度試算してみないと答えを出せないわ」「要望書の内容が外部に漏《も》れるリスクは？」

「了承を得たら、条件の変更はいっさいできないのか」

関ヶ原さんの読み通り、経営陣が提案を一蹴《いっしゅう》するようなことはなかった。むしろ、精査の上で前に進もうとしているように見えた。そこで関ヶ原さんは、この作戦のもっとも重要な部分を彼らに伝えることにした。

「もし要望書の提出を進める場合、仲介は僕じゃなく、ＪＯＭ様にお願いしてください」

「なんだって⁉」

驚きの声を上げる経営陣に、関ヶ原さんは淡々と続けた。

「少しでも確率を上げるための施策《しさく》です。弊社《へいしゃ》には契約実績がなく、オーナー様も実績のある仲介さんとのやりとりを望んでいます。その点で、ＪＯＭ様にお願いするのがベストです。僕がお伝えした方法でＪＯＭ様に動いてもらいましょう。必要ならば、僕も打ち合わせに参加し、ＪＯＭ様に説明します」

「ですが、それだと、関ヶ原さんのメリットは……」

心配そうにする経営陣に、関ヶ原さんは告げた。

「僕は、スノータワーがダメだったときのために、エシャロットタワーの確保に全力を尽くします。エシャロットタワー宛《あて》の要望書を僕にいただけますか。その書面で、オーナーに物件留保の交渉をします」

「そ、それはもちろん。でも、本当にいいんですか」

「はい。いちばん重要なのは、御社が希望通りの移転を成し遂《と》げることです。主役は仲介ではなく、御社です。もしスノータワーがうまくいって、弊社の出る幕がなくなっても、移転が成功すればまた次があります。スノータワーの面積が足りなくなったら、そのときはまた僕に声をかけてください」

「それじゃあ」

　話を聞き終えた私は震える声で言った。

「それじゃあ関ヶ原さん、スノータワーからは、手を引いたってことですか」

　関ヶ原さんは苦笑する。

「本音としては嫌だよ。全部うちがやりますって言いたいし。でも、それしかないと思った。せっかくお客さんが意志を固めて要望書を出しても、スノータワーが『知らない仲介からの話は受けない』って突っぱねたら終わりなんだよな。だったらもう餅《もち》は餅屋方式で、それぞれの仲介がデジペイさんのためにやれることやるのがベストでしょ」

　スノータワーへの道を意図的に閉ざし、エシャロットタワーに誘導することもできるのに、関ヶ原さんはそれをしなかった。デジペイは関ヶ原さんの顧客《こきゃく》第一の姿勢に感激し、その提案に乗ることを決意した。

「それに、デジペイさんはもう一つ、大きな決断をしてくれた」

　黙って話を聞いていた代表が、口を開いたのである。

「関ヶ原さんが腹を括《くく》って提案してくれた以上、うちも腹を括りましょう。エシャロットタワーをいつまで仮留めできるか教えてください。物件との出会いはご縁だ。その期日までにスノータワーから回答が来なければ、私たちはスノータワーの契約を見送り、エシャロットタワーで話を進めます」

関ヶ原さんはエシャロットタワーに要望書を提出し、二週間の間、物件を留めてもらう約束を取りつけた。他にも引き合いはあるものの、オーナーとしてはネームバリューのあるデジペイを優先する意向だった。ＪＯＭも、スノータワーの情報がなかなか開示されないことにやきもきしていたようで、これを機にはっきりさせましょうと話に乗った。

つまり関ヶ原さんは、デジペイの意志を百パーセント尊重しながらも、閉じかけていたエシャロットタワーの可能性を広げることに成功したのだ。

「すごすぎます……」

「咲野と早乙女さんのおかげだよ」

言葉を失った私に関ヶ原さんは言った。

「〈幻の区画〉の存在が怪しかったら、俺はエシャロットタワーをゴリ推ししてたと思う。結果として同じことだとしても、今ほどはデジペイさんから信用してもらえなかったかもしれない。だからまじで助かったよ、サンキューね」

私は首を振る。ツルリの情報を摑《つか》めず落ち着かなかったが、心配する必要はなかったのかもしれない。既存の情報だけを武器に、関ヶ原さんは勝負に出た。勝てるかは定かでないが、デジペイに配慮《はいりょ》し尽くした上での判断だ。早乙女さんもこれを見越して、調査の手をゆるめたのだろうか。自分の考えの足りなさが恥ずかしくなる。

「そんな感じで今エシャロットさんには待ってもらってる状態なんで、ブッカクするときは丁寧《ていねい》にお願いします」

「はい！　わかりました」

私は席に戻ると、すぐにエシャロットタワーに電話をかけた。なるべく丁寧に、関ヶ原さんの契約を邪魔しないように。そう念じながら、慎重に言葉を紡《つむ》ぐ。

「お世話になります。ワークスペースさん？　いつもどうもです。片岡《かたおか》と申します』

『あっ、ワークスペースさん？　いつもどうもです。片岡《かたおか》と申します』

「弊社の関ヶ原がいつもお世話になり、ありがとうございます。今回別件で、三十坪《つぼ》ほどの区画を探していまして」

『ああ三十坪ね、ありますよ。関ヶ原さんのメールに資料を送っておきましょうか……ちなみに今、関ヶ原さんいます？』

「申し訳ございません、関ヶ原が今、別の電話に出ておりまして。改めましょうか」

『えーっと、どうしようかな。お願い……いや、伝言お願いしてもいいですか？』

「え、あ、はい」

歯切れの悪さに、嫌な予感がした。片岡さんが、ああ、うう、と唸《うな》った後、もごもごと話し始めた。話を聞くにつれ、私の鼓動は速くなっていく。一言一句漏らさないよう、手元のメモに書き込んだ。指先が冷えていく。関ヶ原さんにすぐ繋《つな》ぎたい。でも電話中だし、片岡さんも繋いでほしくなさそうだった。咲野さんから伝えてくださいと何度も言われる。

「関ヶ原さん」

エシャロットタワーとの電話を終え、関ヶ原さんの電話が終わるのを待って、声をかけた。

「おー……え、何、どしたの」

私の顔を見た関ヶ原さんが目を見開く。今度こそ私は、幽霊みたいな顔をしていたかもしれない。重たい唇を開いて、たった今言われた言葉をそのまま吐き出す。

「エシャロットタワー、今週いっぱいしか待てないって言われました」

「え?」

関ヶ原さんの目の色が変わる。その視線が卓上のカレンダーへと向けられる。今日は水曜日だから、あと三日しかない。二週間が、三日に縮まってしまったのだ。

「理由はなんて?」

「エシャロットタワーの、親会社の社長さんの知り合いが、デジペイさんと同じ区画を検《けん》討《とう》したいそうなんです」

「はあ、急だね」

動揺《どうよう》からか、関ヶ原さんの口が半笑いになっている。

「片岡さんは、デジペイさんのことも話した上で掛け合ってくれたみたいなんですけど、社長さんから『そんなには待たせられない、来週返事をしたいから今週中にははっきりさせろ』って言われてしまったみたいで」

「……なるほど」

関ヶ原さんは卓上カレンダーをたぐりよせ、日にちを睨《にら》んだまま静止した。そして「ありがと、戻っていいよ」と私に言うと、すぐさま電話をかけ始めた。

――いや、でも、それは御社の都合ですよね。物件を留保いただいていること自体は本当にありがたいですが、こっちも当初の期日目指して動いているので、約束は守っていただかないと困ります……。

関ヶ原さんの声が気になって、何も手につかない。

とりあえずまたかけます、と電話を切った後、関ヶ原さんは声をワントーン明るくしてまた電話をかける。

――ワークスペース関ヶ原です。すみません、ちょっと気になってご連絡したのですが、ＪＯＭ様からまだスノータワーの件の連絡ってないですよね？　いや、ご心配をおかけするほどのことではないんですが、エシャロットタワーに少し引き合いが出てきたようなんです。前倒しで動けたら安心かな、と。はいっ、ありがとうございます！　お手数かけて申し訳ございません。はい、ご連絡お待ちしてますね！

電話を切った関ヶ原さんは、腕を組んで天を仰《あお》ぐ。

ノートパソコンの画面を見つめながら、私もただただ考えていた。ＪＯＭはすぐに動いてくれるか。ＪＯＭが動いたとして、スノータワーはすぐに答えてくれるか。やっぱりツルリのことを、ちゃんと調べた方がいいんじゃないか。

ふらりと廊下《ろうか》に出た私は、エレベーターに乗って八階へ向かった。特務室に入ると、早乙女さんがリクライニングチェアで寝ていた。「咲野さん？」と薄く目を開ける。

「大変です、エシャロットタワーが」

私は今起きたこと全部を話した。だが早乙女さんの反応は鈍く、「そっか」「なるほど」と受け流すばかりで、一度も起き上がろうとしない。私が話を終えると、「とりあえず了解」と言って、全部をシャットアウトするように目を閉じる。

私は早乙女さんを説得しようとした。特務室で今すぐできることを探すべきですと、リクライニングチェアを無理矢理にでも起こそうと思った。だけど私は止まった。

いつものお菓子の山に見慣れないものがのっていたからだ。

〈ハッピー甘酒体験！　甘酒のチカラで体の中から綺麗《きれい》になりませんか？〉

ハガキサイズのフライヤーだった。一枚ではなく、単行本の厚さくらいの枚数がバンドで留められている。なんでこんなものが、と考えて、すぐに思い当たる。

神野社長だ。これは、神野社長の甘酒屋のフライヤーだ。神野社長は早乙女さんをずっと引き抜こうとしていた。早乙女さんはそれをのらりくらりとかわしていたようだが、これが特務室にあるということはついに気が変わったのだろうか。特務室を――ワークスペースコンサルティングをやめて、神野社長の事業を手伝うことに決めたのか。

それなら、ここ数日の頻繁《ひんぱん》な外出、関ヶ原さんとの会話、目の前の早乙女さんの態度、全てに説明がついてしまう。

――俺はビルとか仲介《ちゅうかい》が好きなんです、毎日楽しいですし、嘘じゃありませんて。

早乙女さんが電話で神野社長に言っていたことを思い出した。嘘か本当かわからないと思いながらも、本当だったらいいと思っていた。何度も驚かされた早乙女さん独自の案件との向き合い方が、「好き」の上に成り立つものだったらいいなと。

「邪魔してすみません、失礼します」

絞《しぼ》り出すように言い、リクライニングチェアからそっと離れた。甘酒のフライヤー、動くことのない早乙女さん。私は唇を嚙《か》み締め、特務室を後にした。

夜の陳明軒《ちんめいけん》はいつもより混み合っていた。端っこの席で回鍋肉《ホイコーロー》をつつく。

「まじでお前さ、今日ずっとゾンビみたいだわ」

正面に座った光村が油淋鶏《ユーリンチー》を食べながら顔をしかめる。特務室から二階に戻った私は、依頼をきちんとこなし、髭《ひげ》クラブの申込手続きも無事に終えた。ただ、相当澱《よど》んだ空気を放っていたようで、藤本さんからは鎮痛剤をこっそり渡されたし、光村からは強引にここまで連れ出された。こんなときこそ『スナックやまもと』に駆け込みたかったが、ママはもう東京にはいないのだ。

「今日はサオトメさんは？」

隣のテーブルを拭く陳さんに聞かれ、私は顔を曇らせた。

「何、早乙女さんと喧嘩《けんか》でもしてんの？」

光村が興味津々《しんしん》といったようすで、身を乗り出す。喧嘩ならまだいい。喧嘩以前の問題だ。話す気になれずに口を結んだとき、テーブルの上に置いていたスマートフォンが震えた。

０３始まりじゃない、見慣れない市外局番だった。誰だろう。ちょっとごめん、と席を立ち、店の外に出る。

「はい、ワークスペース咲野――」

『咲野花《はな》さんですか？』

応じるなり、相手は私のフルネームを呼んだ。ブッカクの折返しやX案件じゃなさそうだ。

「あの、失礼ですが、どちら様ですか」

『さわやか賃貸保証の竹島《たけじま》です』

「竹島様、ですか」

私が問い返すと、相手は機械的に続けた。

『このたび、シーサイドサニーテラス四番館《よんばんかん》にご入居中の山本《やまもと》さんのことでおうかがいしたくご連絡しました。今月分のお家賃の決済エラーが起きてまして、何度かお電話しているんですが、全《まった》く繫がらないんですよ』

「えっ……」

ようやく状況を理解した。この人はママが加入している保証会社の人で、ママに連絡がつかないから〈緊急連絡先〉である私に電話がきている。

「何日くらい繫がらないんですか」

『一週間ほどになります。時間をずらしてかけているのですがお出になりません』

「……かしこまりました。すぐに確認の上、確認できましたらご報告いたします」

角張《かどば》った、仕事のような受け答えになった。スマートフォンを持つ手が震えた。電話を切って店の中に戻る。

「何、トラブル？」

光村が最後のピータンをかじりながらたずねてくる。

「ママが、家賃滞納してるって」

「えっママさんって、あのガレージの?」

「保証会社が連絡しても、一週間くらい繋がらない、らしい」

言いながら、最悪の考えが頭をよぎる。ママはヤンチャなところもあるが、あれだけ苦労して入居した物件の家賃を踏み倒すような真似《まね》はしないはずだ。いつもタブレットを持ち歩いていて、レスポンスだって早い。

「一週間って、やばくね?」

光村はピータンをごくりと飲み込み、箸《はし》を置いた。

「早くママさんに電話しろよ、何してんの」

ああ、そうか、電話。言われて気づく。よろよろと立ち上がり、外に出ようとして、テーブルの足につま先をぶつける。揺れたテーブルの上でガシャッと食器が激しく音を立てた。

「陳さん、お会計!」

見かねたように光村が叫んで、私たちは店の外に出た。電話をかける。さわやか賃貸保証の人の言う通り繋がらない。電波の届かない場所にある、とアナウンスが流れる。

「ママさんどこに引っ越したんだっけ」呆然《ぼうぜん》と液晶を見つめる私に、光村がたずねる。

「熱海《あたみ》の方」

答えた途端、光村は私の腕を引っ張り、道玄坂を駆け下りる。

「待って、どうするの」

「どうするも何も、行くしかないだろ！　まだ電車ある」

光村は営業の脚力で、どんどん前へ前へと進む。

「待って、いいよ」

「いや、よくないだろ」

「今行っても、あれだし、遅いし」

「いいから早くしろ！　とりあえず電車！」

道玄坂の真ん中で怒鳴られた。そのまま引きずられるようにして、ふだん乗らない湘南《しょうなん》新宿《しんじゅく》ラインに乗った。平塚《ひらつか》駅で降り、別の電車に乗り換えた。

平塚から四十分ちょっと。ガラガラの電車で私はぼんやりと窓を見つめていた。窓に映る姿は幽霊そのものだ。生気がなく、隣でスマートフォンをいじる光村と同じ次元にいる存在とは思えない。ただただ怖かった。一週間連絡がつかないママが、マンションの部屋でいったいどうなっているのか。

熱海駅に到着する。観光客で賑《にぎ》わうはずの町でも夜は暗くて寂しい。静まり返ったバスロータリーを横切り、うねる道に沿って歩く。だんだん足早になり、マンションのある高台へ駆け上がっていく。

走ったからか、この街があたたかいのか。マンションのエントランスに到着する頃には汗びっしょりだった。犬の散歩から帰ってきた住人にくっついてオートロックを掻《か》い潜《くぐ》りママの部屋の前まで行った。

インターホンを押す。反応はない。もう一度押しても反応はない。どんどんと扉を叩いてみた。やっぱり反応はなく、廊下《ろうか》に面した窓の向こうには、明かりも人影も何も見えない。

「管理会社に連絡した方がよくね？」

光村が言う。エントランス脇の掲示板に番号があった気がする、もう繋がらないかもしれないけどダメもとで見てくる、そんなようなことを言っていなくなる。

私はもう一度扉と対峙《たいじ》する。想像する。この玄関扉を開けるところ。

さっきと質の違う汗が、背中を伝った。ふいに潮の香りがした。振り返ると、風がびゅうっと顔面に吹きつけた。瞬きをして目を開けると、真っ暗な夜の中に、民家の点々とした光と、灯台に照らされて光る水面があった。こんな高台にいても、吹き上がる風は染みるような湿気と香りを孕《はら》んだ、海の風だった。海のある街にしか吹かない風だった。

海の近くで暮らしたいと、ママは言っていた。

そして叶えた。本当に叶ったんだ。そう思ったら、これまでより深く息を吸えた。バタバタと足音が響き、光村が戻ってくる。

「ダメだわ、やっぱり営業終了してて繋《つな》がらなかった」

肩で息をしながら悔《くや》しそうに言って、光村はダメ押しのように扉を叩いた。

「ママさんっ、いるんですか、ママさん！」

こんなことしたって、何も変わらない。でも、私も叩いた。

「ママーッ！　ママーッ！」

「ママさんーっ、ママーッ！」

成人した男女がひたすらママと呼ぶ。強く叩いて、いっそこのまま扉が壊れればいいと思ったとき、ガチャっと扉の開く音がした。

「ちょっと、なんなんですか、あなたたち！」

隣の部屋の住人だった。ナイトキャップを被《かぶ》ったおばあさんが扉から顔だけ覗《のぞ》かせ、鬼のようにつり上がった目でこっちを睨《にら》んでいた。

「すっ、すみません」

「ママ、ママって、部屋番号間違えてるでしょ！　とにかくもう、うるさくしないでちょうだい！　山本さんもご旅行中でよかったわね、夜にこんな大騒ぎされたんじゃたまったもんじゃない」

「えっ、旅行？」

「旅行ですか？」

私と光村が同時に声を上げると、おばあさんは虚を衝《つ》かれたように、閉じかけた扉をもう一度開ける。

「あんたたち、山本さんの知り合い？」

私は頷《うなず》いた。

「大学四年間、お世話になってて、今はこの物件の、緊急連絡先なんです」

自分がママのなんなのか一言にはまとまらなくて、おかしな自己紹介になった。部屋間違いじゃないことだけは伝わったらしい。

「山本さんなら心配ないでしょうよ。あの年齢で旅行に行く元気があるんだからね」

全く信じられないよとため息をついて、おばあさんは扉を閉める。

「……旅行？」

光村がつぶやき、ぎろりと私を睨む。断罪される気配を感じ、私はぶるぶる首を振る。

仮に旅行なら、なぜ連絡がつかないのか。私だけならまだしも、保証会社の人からの電話にも出ないなんて。

もう一度かけてみようとスマートフォンを取り出したとき、暗い画面が光った。通知画面に、うるうる目のスタンプが表示される。

〈ごめーん電話出られなかった！　何かあった？〉

いつものママの、カラフルなメッセージだった。

「はあ、明日休みてえな」

ファミレスのテーブルに突っ伏して、光村がぼやく。

「ごめん、めちゃくちゃ巻き込んで」

「そうだぞー、いやいいけど。俺の独断で動いたし、いいけどさ」

自分に言い聞かせるように繰り返しながら、光村は鞄《かばん》からスケジュール帳を取り出した。

ぎっしり詰まった明日の予定を見て、「死にそう」と肩を落とす。

終電はもうなかった。問題のママは無事どころか、すこぶる元気だった。

『大阪に来てんのよ、今』

しゃがれ声でママは叫ぶように言った。音が割れ、びりびりと鼓膜《こまく》に衝撃が走る。

「大阪？　なんで……？」

『なんでって、あれよ！　ＰＰタオル！』

ママは私から東京パイル社の名前を聞いたとき、真っ先にＰＰタオルの名前を上げた。

しかしママ自身、記憶が曖昧《あいまい》だった。商店街のタオルや貰い物のタオルばかりを使う生活なのに、どうしてその名前を知っていたのか。

『そしたらさ、先週テレビでやってたのよ！　泉州《せんしゅう》タオル特集！　レポーターさんが電車乗って、街歩きしててね、それ見てたら急に蘇《よみがえ》ったの。若い頃にダンジリ見に行ったときに、お土産店《みやげてん》さんで見たんだ！　って。すごいでしょ、何百年も前のことなのに記憶の引き出しってどうなってんのかしら』

懐かしくなったママは、翌日には新幹線に飛び乗り大阪に向かった。

「じゃあ、さわやか賃貸保証からの電話に出なかったのは？」

『あらやだ、それってたぶん番号登録してないからだ！　オレオレ詐欺《さぎ》対策で、知らない番号は全部拒否にしてるのよ』

「決済エラーが起きて、家賃を引き落とせないって」

『ええ⁉　なんでだろう。ちょっと待って……、あ！　クレジットカードの有効期限が過ぎちゃってる！』

ママのきちんとしたところと、ゆるいところが掛け合わさり、今回の事態を招いたようだ。

『悪いことしたねえ。にしても、大阪本当にいいところよ。人も合うしね、気に入っちゃうたわ』

こちらの気も知らないで、ママは調子よくエセ関西弁を口にした。

「ママ、今度は大阪に引っ越すとかないよね？」

冗談半分で返したのに、ママの喋《しゃべ》りはピタリと止まる。

「え、ママ？」

『やだ、変なこと聞くから考えちゃったわ。絶対ないとは言えないわね。自分の行き先は、自分が勝手に決めちゃうからさ』

――自分の行き先は、自分が勝手に決めちゃう。

そんな言い方、なんだか自分が自分という暴走機関車に乗っかっているみたいだ。誰に言われたとか、こうした方がいいとか関係なく、勝手に走り出してしまう意志に、引っ張られていくような。

これから私の人生にも、そういうことがあるんだろうか。そもそもママのようなパワフルなエンジンが、私にはちゃんと搭載《とうさい》されているんだろうか。

頭は働きっぱなしなのに体は疲れ果て、私も光村を真似《まね》てテーブルに突っ伏した。ファミレスの扉が開くたび、潮のにおいが入ってくる。さっきマンションの外廊下でこのにおいを感じたとき、長い間望んでいた場所で暮らすママを、かっこいいと思った。扉の向こうに何があろうとママはかっこいいままの気がして、怖い気持ちが薄れた。

自分の意志で選択し続ければ、どんな過程でもどんな終わりでも、人は惨《みじ》めじゃなくなるのかもしれない。私も何かを選んで、そこに向かって走ってみたい。だけど、自分が何を選びどこへ走るのか、私はまだよくわからない。

首の痛さで目を覚ますと、窓の外が少し明るくなっていた。スマートフォンを見る。五時前。始発まであと少し。

大急ぎで帰って行水して十分足らずで家を出て、やっと始業時間に間に合う。それくらいぎりぎりのスケジュールだ。

「光村、なんか食べよう」

熟睡する光村に声をかけ、いまいち状況が思い出せないようすの光村に、ずいっとメニューを差し出す。

「ああ……そっか、うわあ、今日内見とか、こなせっかな」

光村が目を擦りながら、くああとあくびを漏《も》らす。二人とも髪も肌もぼさぼさのべたべただし、服も皺《しわ》だらけだし、首も肩もばきばきで、満身創痍《まんしんそうい》ってたぶんこのこと。

「やばいよね」

「やばいけど、とりあえず食うか」

カツ丼と親子丼をそれぞれ頼んだ。早すぎる重すぎる朝ごはんだ。でも食べる。変な体勢で圧迫されて不調を訴える胃袋に、無理矢理にでもおさめていく。

燃料が必要だった。今日を乗り切るために。あるかもわからないエンジンを、フカシでいいからどうにか動かすために。

ファミレスでも電車でもずっと眠かったのに、フリーアドレスデスクの端っこに腰掛けた瞬間、目が冴えた。関ヶ原さんがただならぬ殺気をまとっていた。絶対に解決するという強い意志が熱波のように伝わってくる。エシャロットタワーの回答期限は明日に迫っていた。

「はい関ヶ原です」

電話に出るスピードも速い。スマートフォンが震える前に出て、すぐに話を始める。

「リミットは明日で、それを過ぎると自動的にデジペイさんの仮留めは外れてしまうということですよね」

とエシャロットタワーからの電話に低い声で応じ、

「もしよろしければ、間に入っていただくのもご面倒ですし、僕がＪＯＭさんと直接ご連絡を取らせていただいて」

と柔和《にゅうわ》な声でデジペイに掛け合い、かと思えば、

「やーすみません！　迷惑かと思ったんすけどこの方が早いかなって。で、スノータワーの返事なんですけど……あ、まだすかー！　ちなみに今日ってまた連絡取られたりします？」

とＪＯＭに対して砕《くだ》けた態度に出る。そして全ての電話を終えるとスッと真顔に戻り、天井を仰《あお》ぐ。私ははらはらとそれを見つめながら、Ｘ案件やみんなから回ってきたブッカク依頼を消化していく。

夕方になると、関ヶ原さんは電話の延長戦に挑むかのように険しい顔で会社を出ていっ

た。追うべき声がなくなり、手元の作業もいったん片付いた私は急激に睡魔に襲われた。ダメだダメだとぐらつきそうな体で必死に踏ん張っていると、急なアポが入ったメンバーから、内見の代理を頼まれた。

二つ返事で引き受け、現地へ向かった。助かった。動いている方が眠気を追い払えたし、何より座っているとがちがちに固まった肩や腰が痛む。たった一日でこうなるのに、早乙女さんはよくおかしくならないなあ、と思う。

目黒《めぐろ》での内見をトラブルなく終えて、会社へと戻る電車で完了報告のメールを打っていると、電話が鳴った。早乙女さんからだった。保留に切り替えても、またすぐかかってくる。

「すみません今電車なんで……」

小声で応じると、

『ツル……リ……ス』とだけ言われ、電話が切れる。何？　電波が悪いのか、声がこもってちゃんと聞こえなかった。ツルリ、って言った？　首を傾《かし》げながら手にしたままのスマートフォンにツルリ、と打ち込んだ。検索結果に、プレスリリースの記事が出てきた。日付は今日、ついさっき投稿されたもののようだった。

〈株式会社ツルリ　中央区《ちゅうおうく》日本橋に体験ラボ開設〉

見出しにそうあった。疲弊《ひへい》した脳みそは勘違いした。日本橋への移転がオープンになった！　もう機密情報じゃない！　これをもとにスノータワーから情報を得られるんじゃないか……。

けれど中身を開いて記事を追い、見出しに戻って気づく。そうじゃない。

〈国内化粧品《けしょうひん》メーカー株式会社ツルリ（渋谷区恵比寿――・代表取締役：津留利祥吉）は今秋、日本橋に一般消費者向けの体験施設『ツルリラボラトリー』を開設いたします。なおプレオープンの事前抽選会はこちらよりご応募ください〉

体験施設。ラボラトリー。一般消費者向け。眠っていた脳細胞が目を覚まし、ようやくその意味を理解する。これ、移転じゃない。彼らはスノータワーから移るわけじゃなく、あくまで施設の新設のために日本橋のビルを買った。じゃあ、〈幻の区画〉は？　オーナーが言っていた、『今度空く区画』は？？

おでこのあたりにまぶしさを覚えて、私は顔を上げた。恵比寿へと近づいていく電車の窓の外に、きらきらと光るものが見えた。

高くそびえ立つ塔。ずらりと並んだ窓が雪の結晶のような光を放つ。特別なビル。会社と人を上へ上へと引き上げるスノータワー。

ホームに滑り込んだ電車が停まり、濁流《だくりゅう》のように人が降りていく。私もその流れに乗る。改札を出て、歩き出す。一歩一歩を踏み出す間隔が徐々に狭まる。両手を振って、走り出す。

行ってできることなんて何もなかった。どうせフラッパーゲートにブロックされる。その両側を警備員さんと受付の女の人が守っている。そんな中、私を衝《つ》き動かすのは、いつか吹原に一蹴《いっしゅう》された閃《ひらめ》きだ。

——一部屋一部屋見て回ったら？　引っ越しの段ボール箱が積まれてるかも。

三階オフィスロビーのフラッパーゲートの中から、仕事を終えた人々が出てくる。突破できずに私は立ち尽くす。足踏みをして考える。ふいにざわめきに乗って、一つの声が届く。

「ハッピーエンディングオブマイライフ様のセミナーに伺《うかが》いました」

受付に訪問シートを提出した人の声だった。受付の女の人が微笑《ほほえ》み、内線をかけ、訪問者用のセキュリティカードを差し出す。訪問者はそれをフラッパーゲートにかざし、エレベーターホールへと消えていく。

私は訪問シートを書き込むカウンターへ向かい、片手にペン、片手にスマートフォンを握る。スマートフォンでハッピーエンディングオブマイライフのホームページに飛び、セミナーを検索し、二十分後に迫るセミナーに予約を入れ、セミナー参加者として訪問シートに記入し、受付に渡した。綺麗《きれい》なネイルを施《ほどこ》した手が、私にセキュリティカードを差し出す。かざして警備員さんの横をすり抜け、フラッパーゲートを通過した。エレベーターに乗り、三十三階、最上階を連打する。耳を圧迫するようなスピードで私を乗せたカゴは急上昇していく。

最上階でエレベーターを降りた。エレベーターホールを中心にドーナツ型に広がる千坪《つぼ》は、とても広い。でも終わる。ワンフロア十分二十分かかったとしても、日が昇る前には終わる。エシャロットタワーの回答期日は明日で、明日には間に合う。

閃きとすら呼べないかもしれない。目で見てわかる予兆なんてどこにもないかもしれない。それでも、何もしないよりよくないか。全部見たけど何もわかりませんでしたって、言えないよりは言える方がずっといい。

時計回りに廊下《ろうか》を歩く。ひたすら回る。移転の予兆はないか。がらんどうの部屋はないか、段ボール箱の積まれた部屋はないか。一つ一つの部屋を見ていく。中で働く人と目が合う。気まずくても、すぐに次の部屋に行くから、気まずさは一瞬で振り落とされる。

徹夜明けのビル内ダッシュ。どうかしている。でも、もういい。こんな仕事の仕方はおかしいけれど、人生の中でこういう日が、片手で数えられるくらいあったっていい。

廊下を一周しては下に降り、二十五階まで来た。さっきから同じおじいさんを見かける気がする。給湯室の向こうを、腰の曲がったおじいさんの影がひょこひょこと歩いている。私がふらふらすぎて幻でも見ているんだろうか。それとも私を幻の区画に導いてくれる、妖精か何かだろうか。

後者だったらいいなと思いながら、二十四階のエレベーターを降りたとき、ちょうど隣のエレベーターの扉も開いて、私はおじいさんと対面した。

「咲野さん」

おじいさんが私を呼んだ。よく知った声だった。ふわふわした前髪の下で、アルパカのような目が私を見ていた。それは、幻でも妖精でもなく、早乙女さんだった。

遊牧民の寝巻きじゃない姿を初めて見た。黒いTシャツに黒いジーパン、帽子をかぶって、箱のようなものを肩からぶら下げている。あと、腰が曲がっている。九十度近く、老人と見間違えるほどに、曲がっている。

「あの、どうしたんですか」

「え?」

「腰、どうしたんですか」

私に聞かれて、早乙女さんはようやく自分の状態を思い出したようだった。

「ああー、これね……」

背筋を伸ばしかけ、顔を歪めて崩れ落ちる。

「大丈夫ですか⁉」

「いやあ、咲野さんにはバレたくなかったんだけどな……」

早乙女さんが、いてて、とさすりながら、また体を九十度に戻す。

「いつからですか」

「ビタミンBに抗酸化作用、アンチエイジング効果、腸内環境改善……。甘酒は美意識の高い人に訴えかける商品だから、うまくいけばツル……T社の社員に接触できると思った」

「あ、甘酒デリバリー？」

呆気《あつけ》に取られる私に、早乙女さんは言った。

「実は甘酒デリバリーで、スノータワーに潜入してたんだ」

その中に答えがあるような気がして、「見せてください」と手を伸ばす。蓋《ふた》が開くと同時に、ひんやりとした空気が指先に触れた。冷気の中から顔を出したのは、甘酒だった。

押し潰《つぶ》す帽子を見た。肩からぶら下がった、箱を見た。

留守にしがちだったのか。通院？　いや、そうじゃない気がする。私は早乙女さんの髪を
力が抜ける。早乙女さんはそんなコンディションで、何をしていたのか。なぜ特務室を
――自分のせいでもあるんですけどね。今、割と我慢しちゃってて。

間《ま》から聞こえた、関ヶ原さんと早乙女さんの会話も蘇る。

リクライニングチェアから、体を起こそうとしなかった早乙女さんの姿が蘇《よみがえ》る。扉の隙《すき》
ば大丈夫。立ったり起き上がったりする瞬間は地獄を見るけどね」

「えっと……今週に入ってから悪化して、今はもう病人レベルかな。こうやって曲げてれ
「いつからですか」

「お構いなく」

ツルリ移転の裏を取りたいと思った早乙女さんは、冷蔵庫内の潤沢なストックを見て閃いた。これは使える。ビルのポストにフライヤーを入れ、ビル内のカフェにフライヤーを置いてもらい、ビルに出入りするフードデリバリーの配達員には差し入れとして甘酒を添えてフライヤーを託した。甘酒を取り扱っている業者は他にいなかったから、競合として火花を散らす必要はなかった。フライヤー経由での注文が入り始め、早乙女さんは甘酒の配達員となった。そして、腰をやった。リクライニングチェアに依存し続けたツケが回ってきたのだ。

「それで……何か、わかりましたか」

「いや、何も。おまけに今日、あんなプレスリリースまで出て」

大失敗だよ、と苦笑いを浮かべる早乙女さんの肩から、私はクーラーボックスを奪い取る。ぎっしり入っているわけじゃないのに、保冷構造だからかじゅうぶん重かった。腰を痛めた状態でこれをぶら下げて歩き回る早乙女さんはどうかしている。

——俺はビルとか仲介《ちゅうかい》が好きなんです、毎日楽しいですし、嘘じゃありませんて。

本当だったんだと思った。こんなこと、大好きじゃないとできない。この仕事を楽しもうとしてない限り、できることじゃない。

わかりにくいです、早乙女さん。胸ぐらの一つでも摑《つか》んで叫びたかった。でも嬉しかった。ちゃんと同じ方向を見ていたことが、嬉しい。特務室はまだ、〈幻の区画〉を諦めない。

「で、咲野さんは何してるの？」

「とりあえず、全部見て回ろうと思って、ハッピーエンディングセミナーを受けるふりして潜り込みました」

「なかなか咲野さんもえぐい人になっちゃったね」

俺のせいか、と早乙女さんが笑う。

「じゃあ二人体制になったことだし、分担して回ろっか」

「けど、早乙女さんの腰が」

「平気平気、明日行けばもう休みだし、曲げときゃそんなに痛くないから」

早乙女さんは、おじいさんのような体勢でよたよたと歩き出す。大丈夫かなと思いつつ、私も反対側の廊下を回り始める。

二人になったことでだいぶスピードが上がった。見るからに空《あ》いている部屋はなく、何も得られないまま下へ下へと降りていく。

「早乙女さん、もう五階まで来ちゃいました」

「まだ終わりじゃないから頑張ろう」

声をかけ合いながら、さらに下のフロアに降りようとしたとき、エレベーターの扉が開いて、険しい顔をした警備員さんが降りてきた。

「あなたがた、さっきからなんなんですか」

「あ、いえ、私どもは」

「全フロア嗅《か》ぎ回ってるのが防犯カメラに映ってましたよ。どういうつもりですか」

早乙女さんと顔を見合わせる。これはまずい。もし社名がバレたりしたら、二度とうちでこのビルを仲介できなくなってしまう。

「とりあえず管理室で話を聞きますから」

警備員さんが早乙女さんの腕を引く。そのはずみで丸まっていた早乙女さんの腰が、反った。

「な……」

警備員さんの顔が青ざめていく。軽く腕を引いただけで、相手が床の上で激しくもがき苦しみ始めたら誰だって恐怖を覚える。警備員さんはその状況を引き起こした自分の掌《てのひら》を怯《おび》えたように見つめ、助けを乞《こ》うように私を見た。

「違うんです、腰痛なんです」

そう説明し、不審者の連行は病人の介添《かいぞ》えの体裁《ていさい》を帯びていく。苦しむ早乙女さんを私と警備員さんが両側から支え、地下へと運び込む。

「こっちへ」と案内されたのは、ブルーシートが敷かれた何もない部屋だった。警備員さんはいったんその場を離れ、ブルーシートの上に横たわる早乙女さんに、「仮眠用のです

だと。
り何かを盗み出したりしたいわけではなく、どうしても空室《くうしつ》がどこなのか知りたかったの
苦しむ早乙女さんの代わりに頭を下げて、私は事情を話した。テナントの情報を売った
「本当にすみません」
けど」と毛布をかぶせた。

「場合によっては警察沙汰《ざた》ですよ」

警備員さんは深いため息をついた後、思案するように首を傾《かし》げ、言った。

「それは、この区画かもしれません」

「え？」

「うちのビルの場合、解約の打診《だしん》があった時点で、必ず警備室に連携されます。設備交換なんかで、業者の出入りも増えますから」

「オーナーからまだ連携されていないということはありませんか」

「ありえません」

警備員さんは断言した。

「以前、警備室に情報が降りてくるのが遅くて、業者からクレームが入るトラブルがあったんです。以降はオーナーに頼んで漏《も》らさず連携してもらってますよ」

この区画はちょっと前まで、ビル内の改修工事の事務所として使っていたらしい。しば

らく改修もなさそうなので、倉庫として貸すか、今後の工事のために残しておくかオーナーは検討《けんとう》中なのだという。

「でも」

私は室内を見渡す。どう見ても五坪《つぼ》くらいしかない。私の一人暮らしの部屋くらい狭い。

「……合ってる……」

ぐったりしたまま早乙女さんが言った。警備員さんが怯えたように後ずさる。

「どういうことですか、早乙女さん」

「思い出したよ……咲野さんが二十坪って聞いたときのオーナーの言葉……」

「二十坪だと小さすぎる、でしたっけ」

私の答えに、早乙女さんは首を振り、絞《しぼ》り出すように唇を動かす。

あわない。合わない。

――どのみち今度空く区画は、おたくの希望する面積とは合いませんよ。

「あ……」

やっと理解する。あれは「二十坪より小さい」という意味だったのか。

「咲野さん、行って」

早乙女さんが顔だけ私の方に向けて言う。果たしてこの状態で置いていっていいのだろうか。でも、どっちみち私一人じゃ運べない。誰か会社から助《すけ》っ人《と》を連れてこないと。

またすぐ戻ってくるので、と困惑する警備員さんにお願いして、倉庫を飛び出す。

地上に出て、すぐ関ヶ原さんに電話をかけた。関ヶ原さんは疲弊《ひへい》した声で電話に応じた。

エシャロットタワーの回答期日を延ばせなかったのかもしれない。だけど、もう大丈夫だ。

「五坪だったんです」

『待って、何が』

「スノータワーの区画、五坪だったんです」

『ちょっと待って。もう一回言って。五坪？』

もう一度、私は言った。何度でも言う。スノータワーの空室、五坪だったんです。

ツルリは移転しないし、空いているのは地下の五坪だけだった。これでもう、幻に振り回されることはない。関ヶ原さんは明日エシャロットタワーに連絡を入れ、まっすぐ契約に向かって、進んでいける。

『まじで？』

問い返す関ヶ原さんは今、怒っているだろうか、笑っているだろうか、ほっとしているだろうか。直接伝えたくて、会社へと走った。

「っしゃー！　デジペイ、エシャロットで進みます！」

三月三週目は関ヶ原さんの咆哮《ほうこう》で幕開けした。フロアには野太い歓声が響いた。

悲願のデジペイ本社移転、その第一歩。両手を掲《かか》げる関ヶ原さんは、これまで見たことないくらい嬉しそうだった。月末に向けて、全員が足早に動き始めた。

ファミレスで夜を明かし、疲弊しきっていた光村はデジペイの進捗《しんちょく》を聞いて勢いづいた。今月の目標を達成できるかはきわどいところらしいが、まだ諦めてはいないみたいだ。

いつもスマートに仕事をこなす藤本さんも、珍しくバタバタしている。求人への応募が急に増えたのだ。

〈注目の会社。その誠実な仕事にいつも驚かされています〉

デジペイの代表がワークスペースコンサルティングについて、SNSで言及してくれたからだろう。代表をフォローしていたらしい吉峰《よしみね》社長もそれに反応し、投稿を拡散してくれていた。ネットの海は広く、世間は狭く、私たちはクライアントに助けられている。

私はこの土日で熱が出て寝込んだ。当然といえば当然だ。夜中にママの住む街の高台を駆け上がって汗をかき、ファミレスで寝て、ほぼ一睡もせずに出社して、三十三階建てのビルを走り回ったのだ。そしてその後は、倒れた早乙女さんを関ヶ原さんと光村と一緒に運んだ。

金曜日はなんとか乗り切ったものの、ほぼ記憶がない。

土曜の朝、起きた瞬間から体調が悪くて、全身筋肉痛だった。酷使《こくし》した体がエネルギーを求めているのか、お腹はしっかり空《す》いていた。前の晩スーパーにも寄らずに帰宅したせいで、冷蔵庫は空《から》っぽだった。

冷凍庫を開けると、手つかずだった豚コーラと目が合った。病人が食べていいのか疑問に思いつつ、レンジであたためてかじりついた。

おいしい。もっと早く食べればよかった。場所というフィルターも、病人の舌というフィルターも、同じ人が何十年も作った味にはさすがにかなわないみたいだ。店で食べるできたての味と、全《まつた》く変わらなかった。

土日はそんなふうに、豚コーラと宅配でしのいだ。豚のコラーゲンのおかげなのか、月曜の朝、鏡に映った顔はつきものが落ちたみたいにつるっとしていた。

「花野さん！　ありがとうございます。無事に採寸終わりました」

髭《ひげ》クラブ比毛代表が私を振り返る。今日は秋葉原の物件の現地調査だった。いつまでも名前を覚えてもらえないが、無事に契約は済み、今は内装の準備をしている段階だ。物件を出て解散するとき、比毛代表にまた言われた。

「早乙女さんにもよろしくお伝えください。あの人本当に、うちの会社のコンセプトにぴったりなんでヘッドハンティングも諦めてないですが……また次の出店のときにお会いできたら嬉しいです」

「あ、あの、早乙女がコンセプトにぴったりってどういうことですか？」

立ち去ろうとする代表に、聞いてみる。

「髭ってちょっとした調整にちょうどいいんです」

「調整、ですか？」

「僕、自分のこの顔嫌いなんですよ、整っちゃってるんで隙《すき》がないように見えるし、賢そうにも見えるけど、今の髭にしてからだいぶ、とっつきやすくなったなあと思うんですよね」

何百回も口にしてきた言葉なのだろう、説明は流暢《りゅうちょう》で、自分の顔をベタ褒《ぼ》めしていても、そんなに嫌みだと感じないから不思議だ。

「早乙女さんも調整必要そうな人に見えるんですよね。すごい能力高いでしょあの人。ふわふわ頭で緩和《かんわ》してるっぽいけど、髭足せばもうちょっとそのへん、ぼかせると思うんで」

抽象的な話でよくわからないが、たぶん比毛代表の見解は間違っていない。比毛代表や神野社長、関ヶ原さんから必要とされる早乙女さんは、特別な人だ。

でも、ヘッドハンティングはしないでほしい。情報と、知恵と熱量、あとは閃きを必要とする特務室の仕事は早乙女さんなくして成り立たないし、私はまだそれを見ていたい。

会社に戻ると、特務室の扉が少しだけ開いていた。中から声がする。低い声。関ヶ原さんの声だ。

「無事治ってよかったですよ。スノータワーの件は本当に助かりました！　おかげで進みそうです」

「まあ、あれは半分くらい、咲野さんです」

「いや、本当に。電話で五坪って言われたときは放心しましたよ」

早乙女さんはリクライニングチェアに身を預け、関ヶ原さんは私のデスクにもたれながら早乙女さんの方を向いていた。二人は私に気づかないまま会話を続ける。

「咲野、返しましょうか」

「いや、その言い方。レンタサイクルじゃないんだから」

「面接にも人集まってきてますし。というかそれ以上に、咲野は最初から早乙女さんのオスミつきですからね」

オスミつき？　息を潜めて続きを待てば、早乙女さんがあははと笑う。

「オスミつきっていうか、面白いなと思ったんですよね」

「あのときはびびりましたよ。契約壊れた話してたら、急に特務室で面倒見ましょうかとか言い出すから。ずっと一人が気楽って言ってたくせに」

「いやー、だって、アテネー鈴木《すずき》の選挙事務所から田岡《たおか》ビルに行き着いたってなかなかですよ」

「たしかに。ちょっと早乙女さんに似てるとこありますね」

「来てすぐ退職したいって言われたんで、姑息《こそく》な手を使って引き留めたりもしましたけど」

「査定、でしたっけ。早乙女さん、お金に興味ないくせに」

二人の談笑に、私はその場から動けない。わかってしまった。もしかして、ヘッドハンティングされたのは、私だったんだろうか。

契約が壊れた日、もう辞めるしかないと思った日。私は左遷《させん》されたんじゃなくて、しかるべき場所におさまったんだ。

「じゃあ、咲野をそろそろ戻しますね。早乙女さんの腰も治ったことだし」

「そうですね」

「それでお願いします」

ドアの隙間から、かぶせるように言った。振り向いた二人が目を丸くしている。部屋の中に入ってもう一度、ちゃんと伝わるよう、繰り返す。

「私は引き続き、特務室で頑張りたいです」

今、私はたしかに自分の意志で選んだ。あとはこのまま、走ればいい。

早乙女さんは目を瞬かせた後、「オッケー」と言った。珍しく居心地悪そうに、小さな咳払《せきばら》いをする。

関ヶ原さんが早乙女さんを横目で見て、「じゃあ、本日の特務として、早乙女さんのデスクを買いましょう！」と笑った。この期に及んでまだ渋る早乙女さんに、私も笑う。

私の中でエンジンがかかる音がした。

ちゃんと自分がそれを持っていたことが嬉しい。

ワークスペースコンサルティング・特務室。

目的地はまだわからなくても、ここが私のガレージであることに、きっと間違いはなかった。

※この作品はフィクションです。実在の人物・団体・事件などにはいっさい関係ありません。

集英社オレンジ文庫をお買い上げいただき、ありがとうございます。
ご意見・ご感想をお待ちしております。

● あて先
〒101-8050　東京都千代田区一ツ橋2-5-10
集英社オレンジ文庫編集部 気付
森ノ薫先生

このビル、空きはありません!
オフィス仲介戦線、異常あり

集英社
オレンジ文庫

2022年12月25日　第1刷発行

著　者　森ノ薫
発行者　今井孝昭
発行所　株式会社集英社
〒101-8050東京都千代田区一ツ橋2-5-10
電話【編集部】03-3230-6352
【読者係】03-3230-6080
【販売部】03-3230-6393（書店専用）
印刷所　大日本印刷株式会社

ISBN 978-4-08-680483-7 C0193